悪徳弁護士志願の巻

「私、辞めさせて戴《いただ》きます！」

朝の東京は文京区《ぶんきょう》。

閑静《かんせい》な高級住宅街にある堂々たる和風建築の屋敷の外にまで響き渡る大声がした。

だがこの屋敷は格式ある旅館でもなく老舗の料亭でもない。「鵠沼《くげぬま》法律事務所」という、およそ場違いな看板が出ている。黒塀に見越しの松に豪壮な門。中には大きな入母屋《いりもや》造りの屋根が見えている。歴史ある銭湯か神社仏閣、と言っても通用しそうだ。それだけに「法律事務所」の看板が非常に不釣《ふつ》り合いかつ、疑わしい。

年代モノの玄関の引き戸が勢いよく開くと、中から小太りの中年女性が髪を振り乱しカバンを抱えて飛び出してきた。

「ちょ、ちょ、ちょっと待ってください、福原《ふくはら》さん。いきなりどうしたんですか！」

豪壮な門から路上に走り出た女性を、敷地の中からスーツ姿の若い男が追いかけてきた。整った顔立ちで長身、スーツ姿はやたら決まっているが、かなりひ弱そうだ。なのに彼女が持っているカバンを必死で奪い取ろうとしている。

「何するんですか鵠沼先生っ！　私の私物に触らないでください！」

この男、先生と呼ばれる歳《とし》にしてはかなり若い。この屋敷の門構えからして、棺桶《かんおけ》に片足突っ込んだような超高齢の老人が「センセイ」と呼ばれるべきだろう。

「やめてくださいっ！　怒りますよ本気で！」

福原さんは激しく抵抗して両手でカバンを押さえ込んだ。しかし鵠沼先生と呼ばれた若い男はなおも力ずくでカバンを奪い取ろうとしている。なんとか引き留めようとしているのだろうが、傍目《はため》には若い男が中年女性のカバンを強奪《ごうだつ》しているようにしか見えない。

「放してください！　放しなさい！　放せ！」

福原さんが思いきり抵抗してカバンを抱えて鵠沼に体当たりすると、若い男は数メートル吹っ飛んで道路に倒れた。

頑丈《がんじょう》そうな女性とひ弱そうな若い男では勝負は付いている。

「ちょ、ちょっと落ち着いて話しましょう。いきなりで驚くじゃないですか！」

「先生はいきなりでしょうけど、私はもう、これ以上我慢《がまん》できないんですっ！」

福原さんは堪忍袋《かんにんぶくろ》の緒《お》が切れた様子で鵠沼を見下ろすと、怒りを爆発させた。

「でも福原さん、どういうことか説明して貰《もら》えませんか？　どうしてまた急に？」

「急にって、先生には自覚はないんですね？」

怒った福原さんの表情に憤《いきどお》りがプラスされた。

「すみません。心当たりが……まったくありません」

福原が無理に笑った。

「センセイ、大切なスーツの膝小僧《ひざこぞう》が擦《す》り剝《む》けてますよ」

「え？　あ……本当だ」

ゆっくり立ち上がって、スーツの肘《ひじ》まで傷《いた》んでしまったのを見つけた鵠沼は、「ああ、悪いけど福原さん、ここも縫《ぬ》ってくれます？」と自然に口にした。

「何も聞いてなかったんですか？　そういうとこですよ。そもそも私、辞めるって言ってるんですよ。新しいの買うか補修屋さんに出してください」

「あっ、それもそうですね……そうします」

大人しく同意した鵠沼だが、なぜかそこで突然怒りのスイッチが入ったようだ。

「って言うか、ちょっと待ってくださいよ！　藪《やぶ》から棒に辞めると言われてハイそうですかって言えるわけないし、自覚はないのかって言われても困ります」

「やっぱり、自覚はないんだぁ～」

福原さんが呆《あき》れて大きく溜息《ためいき》をついたので、鵠沼はますます腹を立てた。

「そういう回りくどい言い方をしないで、ハッキリ言ったらどうですか？　ナニが悪かったのか自分の胸に手を当てて考えなさいとか、福原さん、あなたは小学校の先生ですか？」

「やっぱりねえ、そう来ると思いました。センセイはほんと、世間知らずのお坊っちゃまなんだから」

福原さんは呆れたように言うと、周囲から笑いが起きた。いつの間にか通行人が足を止めて、この丁々発止をニヤニヤして眺めている。

彼女の舌鋒《ぜっぽう》はもう止められないと悟《さと》った鵠沼は、首を竦《すく》めて周囲に笑いかけて見せた。

「あの……玄関先だといろいろとアレなので……一度戻って、中で落ち着いて話せませんか？　お願いします」

どうかこの通り、と鵠沼は形ばかりに少し頭を下げた。

「いいえ、ここで結構です。中に入ったらまた言いくるめられそうだから。なんせ弁護士のセンセイは口が達者《たつしゃ》だから。ったく。口先だけの三百代言《さんびやくだいげん》が！」

そう言い放った福原さんは、頑《がん》として中に入ろうとしない。

「センセイは、黙ってればそこそこイケメンなのに、口を開くとペテン師ですよ。しかも本当のペテン師ならまだしも、妙に腰砕《こしくだ》けって言うか、肝心《かんじん》なところでワルになりきれないんですよね。そこがまた腹が立つっていうか」

福原さんの言うとおり、鵠沼は細身で長身でスマート、鼻筋の通った整った顔立ちで知性的なハンサムと言えるが、インテリのひ弱さも垣間見《かいまみ》える。

「それに、私はどうせ辞めるんだから、先生の世間体が悪くなろうがどうなろうが、もう関係ありませんから」

「何を言うんです？　そんなこと言うと、名誉毀損《めいよきそん》、並びに威力業務妨害罪《ぼうがい》で告訴《こくそ》されても知りませんよ！」

「その告訴は先生がするんでしょ！　他《ほか》の先生は絶対しないだろうけど」

こうなったら言わせて貰いますけど、と福原さんは玄関先で滔々《とうとう》とまくし立てた。

「先生はすぐ他人《ひと》に頼ります。機嫌《きげん》が悪いとすぐ他人に当たります。そして、ここで先生以外の人間というと私だけです。私は先生の遠縁だしお母様によろしくねと言われたこともあって、なんとか今まで我慢してきましたけど、ストレスでバカ食いするようになって、この半年で二十キロも太ったんですよ！」

文教地区の閑静な高級住宅街に、福原さんの怒気を含んだ大声がわんわん響いている。

福原さんはますますヒートアップ、通行中のギャラリーというか野次馬は大ウケで、拍《はく》手《しゅ》までし始める始末。困惑した鵠沼は苦笑するしかない。

「ねえ福原さん。このままだと一一〇番通報されてしまうかもしれません。弁護士事務所で、弁護士と職員が揉《も》めて通報されるっていうのは極めてマズいんですよ……」

「マズい？　お給料の遅配続きはもっとマズいでしょう！」

福原さんは一きわ声を張り上げた。これにはさすがに鵠沼も激しく動揺して、血相を変えて反論した。

「いやいやそれは……月によって受任件数や着手件数が変動するから、お給料が遅配することはあると、きちんと雇用契約書にも明記……」

「それにしても三ヵ月無給ってひどくないですか？　ブラック企業そのものじゃないですか！　人権を擁護《ようご》すべき弁護士事務所がブラックだなんて！」

「人聞きの悪い事、言わないでください！」

鵠沼は慌てた。こんな事を第三者に聞かれて、尾《お》鰭《ひれ》がついて噂《うわさ》が広まったら終わりだ。

「経営者なら、借金してでも従業員の給料は払うべきです。先生はこの前の和解案件で、従業員の給料を値切ったり遅配したり不当な天引きをしていた経営者に怒ってたじゃないですか。なのにどうして自分も同じ事をするんですか？　この二枚舌！　弁護士だから舌は何枚でもあるってか？」

「福原さん、今の言葉は撤回《てっかい》してください！　弁護士に対する偏見です！　侮辱《ぶじょく》です！」

「では言い方を変えます」

なんだか玄関先が法廷さながらになってきたので、足を止める通行人はますます増え、そろそろ交通の邪魔になり始めた。

毛艶《けづや》のいいゴールデン・レトリバーみたいな犬をつれた奥さん。値の張りそうな自転車に乗ってウェアをばっちり決めた若者。先を急ぐはずのスーツ姿のサラリーマン。庭いじりのついでに出て来たような熊手《くまで》を持った老人……近所の住人も増えてきた。

彼らギャラリーは福原さんに拍手をして鵠沼にブーイングを始めている。

「先生は、優秀な成績で東大法学部を出て優秀な成績で司法試験にも現役合格、トップの成績で司法修習を終えたという自分の頭の良さを鼻にかけて、お客さんに対してずいぶん横柄《おうへい》で偉そうな態度を取ってきましたよね。違いますか？」

「異議アリ！」

鵠沼は、つい、法廷にいるように叫《さけ》んで手を上げた。

「あら？　ここには裁判長はいませんことよ？」

福原さんにチャチャを入れられ、野次馬と化した通行人からは失笑が漏《も》れた。

「あれは……あの件は、とにかくカネがあるからって上から目線の、失礼極まりない態度のクライアントが悪いんです。私は人間としてそれを指摘したまでであってですね……法律事務所の職員ともあろうあなたが、そんな一面的なことを言わないで欲しい。私に瑕疵《かし》はない！」

「ほらほらそういう態度！　自分は常に正しい。自分は絶対に間違っていない。悪いのはいつも相手だってことでしょ。先生くらいアタマがいいと、みんなバカに見えるんでしょうけどね！　だけど、そんな態度じゃお客さん取れませんよ。弁護士だって客商売なんだから、ふんぞり返って正しいことばかり言ってて商売になるはずがないでしょ！　そんな態度だから、大手の弁護士法人をクビになった……」

「異議アリ！」

再び鵠沼が吠《ほ》えた。

「クビになったとか、人聞きの悪いデマを飛ばさないでください。ボクは単に、事務所とは方針の違いがあったので、袂《たもと》を分かったのです！」

そう言った鵠沼に、福原さんは苦笑して首を傾《かし》げて見せた。

「どうだかね。物は言いようでしょ」

「あのねえ福原さん！　弁護士はヨイショをする幇間《ほうかん》じゃありませんよ！」

「ほら、そうやってすぐに極端なことを言って相手を論破した気になるんだから！　そのストレスで私は二十キロ太ったの！」

「給料遅配なのに、よくまあそんなに食うカネがありましたね」

「私の私生活に先生があれこれ言う権利はありません！」

ビシッと言いきった福原さんの言葉に、野次馬から拍手が沸《わ》いた。

「これはねえ……この女の人の言うことに理があるわよ」

「弁護士のおっさん、甘くないっすか。おれら高校生だってもっと苦労しているよ」

「これは千秋《ちあき》くん、きみの負けだ。男ならいさぎよく負けを認めなさい」

庭いじりをしていた風の老人の言葉が決め手となった感があって、福原さんはわが意を得たりという笑みを浮かべて頷《うなず》いた。

「では、これで失礼致します。先生を心から尊敬する、いい事務員さんをお捜しください！　先生にとって都合のいい事務員さん、ね」

福原さんはそう言い残すと、片手を上げ、背中を向けた。

「ちょっと！　ちょっと福原さん！　事務の引き継《つ》ぎとか、どうなってるんですか！　無責任でしょう！」

福原さんの背中に、鵠沼は怒鳴《どな》った。

「引き継ぎも何も、帳簿を開ければすべて判《わか》るようにしてありますから！」

福原さんは振り返りもせず、そのまま歩き去ってしまった。

後に残された鵠沼は、オチがないまま放置されたコント師のように、曖昧《あいまい》な笑みを浮かべて立ち尽《つ》くすのみ。やがて野次馬を見渡して肩を竦《すく》めると、脱兎《だつと》の如《ごと》く屋敷の中に逃げ込んだ。

「くそくそくそ。なんだあの態度は！　どうしてあそこまでボクに恥《はじ》をかかせるんだ！」

たかが使用人のくせに！　と言い放って玄関の靴箱を蹴《け》り上げようとした鵠沼は、その上に置いてある高そうな花瓶を見て、思い留《とど》まった。

室内は広々としている。昔ながらの日本家屋は、ウサギ小屋とは無縁のゆったりした作りで、裏庭が見渡せる広いダイニングには古風で大きなテーブルがある。壁際の食器棚には年代ものらしい食器類が飾《かざ》られている。

鵠沼は、気を落ち着かせようと隣接したキッチンに入り、冷蔵庫を開けて何か飲もうとしたが、何もない。来客用の麦茶もアイスコーヒーもジュースも、まったく何もない。

仕方がないので自分でお湯を沸かしてコーヒーを淹《い》れようとしたが、コーヒー豆も紙フィルターも、そしてカップも、どこにあるのか判らない。

ついつい、ネットでコーヒーそのほかを注文してしまいそうになったが、財布の中身を思いだして、止《や》めた。じゃあ、昼をどうしよう？　これまでは福原さんが適当にチャッチャと作ってくれていたのだ。

「またシラスのヤキメシですか。力が出ないな〜」

とか言いながら、何も考えずに食べていたのだが……あれは福原さん心尽くしのやり繰りの賜物《たまもの》だったのだ、と今ごろ気づいた。

思えば、この事務所は自宅兼用で、言わば鵠沼は「住み込み」、福原さんは通いの家政婦みたいなところもあって、世話好きなのをいいことに、食事も掃除もやって貰う形になっていたのだ。

雑務一切を任せっきりにしていた福原さんが突然キレていなくなってしまうと、その穴は途方もなく大きいことが、ようやく判った。

そんな時、玄関から「お～い鵠沼、いるか～？」と大きな声がした。

鵠沼が出ていくと、そこには大柄《おおがら》でガサツそうな髭面《ひげづら》の中年男が立っていた。ヨレヨレのシャツにズボン。手には一升瓶《いっしょうびん》をぶら下げているその風体《ふうてい》は、ほとんど酒飲みの失業者だ。

「よう。陣中見舞いだ」

「……浜中《はまなか》先輩」

浜中先輩と呼ばれたその男は、そのまま上がり込んで勝手知ったる他人の家、とばかりにまっすぐ冷蔵庫に向かい、勝手に扉を開けた。

「喉《のど》が渇《かわ》いた。なんか飲ませろ……おやおや。なんにもないな！」

「先輩……ちょっと、それは図々《ずうずう》しいのでは」

鵠沼はおずおずと注意した。見るからに腰が引けている。

「気にするな。お前が事務所をク……いや、いきなり独立してよ、そろそろ半年だろ？どんなもんだべと様子を見に来たんだ。あ、これ手土産《てみやげ》」

浜中先輩は清酒の一升瓶を差し出した。

「新潟《にいがた》の生一本。あ、お前、飲まなかったっけ」

この男は、鵠沼にとって東大の先輩で、前の勤《つと》め先でも直接の先輩だったので、いろいろ面倒を見て貰った関係上、鵠沼は頭が上がらない。

「事務の、というか雑用すべて引き受けの、あの人はどうした？」

鵠沼が即答できず言葉を濁《にご》しているのを見た浜中先輩は、はは～ん、と声を出した。

「ついに逃げられたか。愛想《あいそ》を尽かされて。そういやここに来る途中で、福原さんとよく似たヒトが、怒り心頭って形相《ぎょうそう》でおれとすれ違ったけど……おれの知ってる福原さんよりかなり太ってたから別人だと思ったんだが……本人だったのか！」

「逃げられていません！　完全な、見解の相違です。というか、いろんな解釈の差違がありまして」

先輩はじっと鵠沼を見据《みす》えた。その目付きは、ウソをつき通そうとする生徒に対峙《たいじ》する小学校の先生のようだ。

「あれだろ？　どうせ安い金でコキ使ったんだろ？　弁護士がブラックなことをしてはイカンよ」

「いやいや先輩。決めつけないでください。双方の供述を取ってもいない状況で」

「だってお前……」

先輩は室内を見渡した。

「どうせ仕事ないんだろ？　ない袖《そで》は振れないわな」

「ナニを根拠にそんな……」

鵠沼は言い返しかけたが、先輩は何もかも判っているんだぜ、という憐《あわ》れむような笑みを浮かべている。

同じ業界にいるからウソを言ってもすぐバレる。鵠沼は言葉が返せずに黙ってしまった。

「みんな心配してるんだよ。鵠沼クン大丈夫かって」

「それ、ウソでしょ？　『みんな』が心配してるって」

「うん。それはウソ」

先輩はあっさりと認めた。

「実は誰《だれ》も心配してない。ああいうカタチで大手事務所を辞めたんだからな。普通なら干《ほ》されるところだけど、それをやったらブラックな芸能界と同じになるから、細々ながら仕事を廻《まわ》してやってるのに」

「ちょっとお待ちなさい！」

そこで、いきなりキツい女性の声が飛んできた。玄関の方からだ。鵠沼の顔が凍《こお》り付いた。

「干されるだの細々ながらだの、ってそれは一体どういうことですの？」

玄関から入ってきてリビングの入口に立っていたのは、和服をキリッと着こなした、いかにも上流階級の奥様という雰囲気《ふんいき》の老婦人だ。彼女は背筋がシャキッと伸びた立ち姿でこちらを見ている。

「千秋さん、これはどういうことなの？　ここに来る途中でかなり太って変わり果《は》てた姿の福原さんとすれ違いました。可哀想《かわいそう》に、彼女、泣いていましたよ」

「ママ！」

鵠沼は何か言おうとするのだが、声が出ない。

「話を聞いたら、もう三ヵ月もお給料を貰っていないと言うじゃないの。あなたいったい何やってるの？」

和服で腕を組む鵠沼の母親は「極妻」さながらの迫力と貫禄《かんろく》だ。

「とにかく福原さんにはお金を渡して、どうか事務所に戻って頂戴《ちょうだい》とお願いしたけど、福原さんは『もう結構です。もう無理です』と言うばかりで走って逃げちゃったわよ。あなた、あの人に一体何をしたの？」

「カネも払わずコキ使ったんだよな？」

横から浜中先輩が口を出した。

「そうでしょうね。福原さんは何でもよく出来る人だから、千秋さん、あなた、お手伝いさんみたいな事までさせちゃったんじゃないの？　悪気なく」

そう言ったママは浜中先輩を見た。

「申し遅れました。ワタクシ、鵠沼千秋の母で鵠沼光子《みつこ》と申します。ところで、アナタは誰？」

「おれ……いや、私は、彼の……鵠沼千秋君の先輩で」

「東大法学部の？　まさか、アナタもギャレット隅田早見《すみだはやみ》法律事務所に所属だとでも？」

「そう見えませんかね？」

品定めするように見るママ・光子の視線に、浜中先輩は苦笑いして頬《ほお》の髯《ひげ》を掻《か》いた。

彼女が凝視《ぎょうし》するのも当然で、浜中先輩の外見は、いかにもエリート然とした容姿の鵠沼と完全に対照的なのだ。大昔の旧制高校生というかバンカラというか「坊っちゃん」に出てくる山嵐《やまあらし》というか、およそ東大法卒の優秀な弁護士には見えない。

「失礼ですけど、ギャレット隅田早見法律事務所は、大企業、もしくはセレブな方々の顧《こ》問《もん》とか、国際事案を扱うインターナショナルでエスタブリッシュなところですわよね？」

「そんなところに、どうして私みたいなガサツでムサい失業者みたいな男が？　とおっしゃりたいんですか？」

自ら卑下《ひげ》してみせる浜中先輩。鵠沼は慌ててフォローに回った。

「ママ。浜中先輩はこう見えて、物凄《ものすご》く優秀なんです。内外の大企業からは指名で仕事が入るし、手掛けた案件はすべて勝訴もしくは有利に和解。髭が認められているのは、その手腕に対する勲章《くんしょう》なんですよ」

鵠沼が間に入って先輩の人となりを教えた。

「あらまあ、それはそれはワタクシとしたことが、大変失礼な事を申し上げましたわね。千秋さん、だったらこんな立派な先輩がいるのに、どうしてギャレット隅田早見を辞めてしまったの？」

「それは……仕事の方針に相違が生まれてしまって」

それを聞いた光子は大きく溜息をついた。

「あなたが東大法学部に合格して、ワタクシたちはとても喜んだのです。これで我が息子が検察官になってバリバリ仕事をしてくれるって。そのあとあなたが一回で司法試験に合格、しかも成績上位十%にも入って、これはもう検事でも判事でもどんとこいだって、天にも昇る心地だったのに……それなのに弁護士になると聞いて心底ガッカリしました。あなたの成績なら末は検事総長、いえ日本の司法の最高位である、最高裁長官でさえ夢ではないとワクワクしましたのに」

光子ママは心から哀《かな》しげに言った。

「よりにもよって、弁護士なんて……」

「あのさあ、ママはどうしてここにいるの？　なんか用件でも？」

イライラしてきた鵠沼が我慢の限界のような声を上げた。

「あら。息子の顔を見に来るのに、なにか理由が必要なのかしら？」

本当に顔を見たいだけ、というのは信じ難《がた》い。鵠沼の顔にはそう書いてある。

その場の険悪な雰囲気をどうにかしようと、浜中先輩が口を挟んだ。

「時に君のご母堂は、どうしてそんなに、蛇蝎《だかつ》の如く弁護士を嫌うのかな？」

浜中先輩は「いや、素朴《そぼく》な疑問なんだけど」と鵠沼に訊《き》いた。

「大した理由じゃありません。ママは、キムタクが演じた型破り検事のドラマの大ファンなんです。だから僕にも検察官になって欲しかった、それだけですよ」

「え！」

それを聞いた先輩は目を丸くして絶句した。

「あのドラマの？　そんなくだらないことで君を法曹に？」

「そうですよ。それのナニが悪くて？」

当然であるかのように言い返す光子。

「しかし、なぜ検事なんです？　弁護士が主人公のドラマだってたくさんありますよ！」

先輩は熱い口調で言ったが、光子は冷たく「例えば？」と聞き返した。

「あの……ええと、『リーガル・ハイ』とか」

先輩はそう言った瞬間にしまった、という表情になった。

「言うと思いましたわ。でも、あの弁護士は超変人でマトモじゃないですよね？　少なくともキムタクとは比較になりませんわ」

「『99．9―刑事専門弁護士―』というのも……」

「ワタクシ、香川照之《かがわてるゆき》が嫌いですの」

彼女は切って捨てた。

「では、アメリカのキムタクと呼ぶべき、かのトム・クルーズが弁護士を演じた『ザ・ファーム　法律事務所』という映画はいかがです？」

「あれは、ダークでブラックな弁護士事務所の、醜《みにく》い裏側のお話でしょ？　キムタクの正義を断行する痛快なドラマとは、てんで比べものになりませんわ」

「アガサ・クリスティ原作、ビリー・ワイルダー脚本監督の『情婦』という傑作《けっさく》もありますが」

「ワタクシ、古い映画は観《み》ませんの」

先輩は何も言えなくなって鵠沼を見たが、光子はおかまいなしに自説を続けた。

「検察官は国家公務員。国からお手当が出て正義を断行できる理想的なお仕事ですわ。弁護士のように自分で助手を雇《やと》ったり事務所を維持したりする、こんな苦労なんかないのに……好《この》き好んで弁護士なんかになるからこんな……」

彼女には浜中先輩が弁護士の代表、あたかも宿敵のように見えているのだろう、非難の言葉がとまらない。

「だいたい弁護士のお仕事なんて、悪人の代わりに言い訳をしてやるとか、悪事はやっていないと言い張る悪人に成り代わってウソをつくとか、消費者をひどい目に遭《あ》わせた大企業の肩を持つとか、賄賂《わいろ》を取ったりしてズルくお金を儲《もう》けている政治家にまんまと罪を逃れさせるとか、そもそもロクな仕事じゃないじゃありませんか。昔から三百代言って言うでしょう?」

「いえいえお母さん。そんなことはありません。弁護士は罪なき人を救い、声の大きな者たちから弱い人々を守り、強きを挫《くじ》き弱きを助ける、とても大切な仕事なんですよ。法の正しい判断を導《みちび》くためには必要不可欠な存在、それが弁護士です！」

堂々と言い返す浜中先輩に母親はキレた。

「よくもまあそんなことを。だったらハッキリ言わせていただきますが、千秋が入れて貰ってアナタが今も属しているギャレット隅田早見こそは、大企業がクライアントの、強きを守り、声が大きいのにいっそう声を大きくする、大企業のお先棒を担《かつ》いでるだけじゃありませんこと？」

「お母様、大企業は大企業なりにさまざまな問題を抱えています。悪質なクレームや訴訟《そしょう》などに対応しなければならないのです。裁判になって法廷で争う以外にも、山のような案件があり、それを法に則《のっと》って粛々《しゅくしゅく》と処理していかなければなりません。それに、検察だって国家機関ですから基本的に権力側ですし、完全に公平無私というわけではありません。日本の検察は最初に作ったストーリーに沿った供述しか取らず、証拠もその筋書きに合わないものは全部捨てて、きちんと捜査をしないまま被告人に仕立て上げる、そんな禁じ手すら平気で使うんですよ？　その結果、幾多の冤罪《えんざい》も作ってますしね」

しかし彼女は検察の実態になどおよそ関心が無いらしく、全然耳に入らない様子だ。

「あら、キムタクはそんなことしませんわ」

「いやそれはドラマだから……」

光子は浜中先輩を無視して自分の息子を見た。

「だけど千秋さん。あなたさっきからずーっと黙って、この先輩にいいように言われてるけど、それでいいの？　いつものような、ワタクシやパパを黙らせてしまう能弁はどこに行ったの？　日本で五本の指に入る大手のギャレット隅田早見に入れて貰ったのに、たった一年で独立するなんて、どういうことなの？」

光子は先輩にも訊いた。

「いくら千秋さんが有能で日本有数の優秀な弁護士でも、たった一年で独立して自分で事務所を構えるというのは無謀《むぼう》でしょう？」

「無謀もナニも……そもそも、あり得ないハナシです」

先輩は彼女に向かってそう言って、鵠沼をチラ見した。

「まあこうなったらハッキリ言うしかないか。だってね、お母さん。彼は業界で評判悪いんです」

「わーわーわー！　言うな！　それを言わないで！」

鵠沼は急に幼児返りしたかのように騒ぎ始めた。よほど母親の耳に都合の悪い事を入れたくないのだろう。

「なんですって？　千秋さんが、評判悪い？」

光子は瞬時に反応した。

「どういうことです？　司法試験合格成績上位十％にも入った、こんなに優秀な千秋が」

「そうですよママ。ボクの評判が悪いなんて、まさか。絶対にそんなことないです」

鵠沼は笑って誤魔化《ごまか》そうとした。

「ボクの評判が悪いわけ、ないじゃないですか！」

「評判になるほどの活躍《かつやく》をしてないからってか？」

先輩は苦笑いした。

「君のお母さんの前でこういう事を言うのは悪いけど、事実は事実としてハッキリさせておいた方がいい。鵠沼くんの業界での評判は最悪です。これホント」

光子の顔色が変わった。それを見た鵠沼は、無駄な抵抗を止めて黙ってしまった。

「それはどういうことですの？」

「……主として、彼の性格的なことです。頑固《がんこ》で融通《ゆうずう》が利《き》かない。自分の優秀さを鼻にかけて他人を見下す、とか」

浜中先輩はこのくらいではまだまだ言い足りない、という顔になったが、自制して話を進めた。

「そもそもの話、彼がギャレット隅田早見を辞めた……いや本当は、ほとんどクビだったんですが……その理由をお母様はご存じないですよね？」

「存じません。ワタクシも宅も、千秋の言うことを信じておりますので」

親馬鹿か、と先輩は小さな声でぼそっと言った。たぶん彼女にも聞こえているだろう。

「……彼はたしかに優秀だったので、研修を終えてすぐ、実務を任されました。書類を一読しただけで争点を理解、ソリューションの選択肢《せんたくし》をたちどころに五つほど上げるのは、まさに人間ＡＩと呼ばれたほどでした。それで、新人としては異例の、主任として訴訟案件を任されたのです。ウチではあまり刑事事件は扱わないのですが、日本最大で実績もあるウチならばと、クライアントが特に弁護を依頼してきた案件です。しかもクライアントは事務所のシニア・パートナー、つまりボス弁である隅田の知人という特別なケースだった。そして彼、鵠沼君は見事にその訴訟に勝ちを収め、ボスの親しい知人であるクライアントにも面目《めんぼく》を施《ほどこ》したのです」

「クライアント？」

「被告人のことです、お母さん。弁護士にとって依頼人はお客様ですから」

「でも千秋さん、弁護士のお客様なんて、どうせ悪人ばかりでしょう？　悪人の言い訳や言い逃れを代弁するのがお仕事なんですから」

そこで鵠沼千秋は母親に堰《せき》を切ったように説明し始めた。

「そうです。その通りなんです。ボクだって最初は思いましたよ。悪党にも一分《いちぶん》の理《ことわり》、悪人には悪人なりの、悪いことをした理由がある。それをきちんと聞いて弁護してやる。もちろん、弁護士に対してとんでもないことを言い出すクライアントはいます。それは刑事事件に限らず民事でも同じです。人として許せない事をしでかして、しかも反省《はんせい》もなく、それなのに弁護されて当然、というクライアントがいるんです。そんな場合でも、なんとか仕事として割り切って、クライアントの意向に寄り添うようにするべきだ……それはボクにも判っていました。それでも一人の人間としてどうしても許容出来ない、寄り添えない、絶対に許せないことがあった訳です」

ここで鵠沼千秋は、ハッキリと言った。

「これは、リョウシンの問題なんです」

「え？　ワタクシたち、あたくしとパパの問題だとおっしゃるの？」

光子は豆鉄砲《まめでっぽう》を食らった鳩《はと》のような目で驚いた。

「そのリョウシンではなくて。人間として最低限守るべき倫理、つまり良心のことです。良心の声に従えば、どうしてもクライアントの言い分に同意できないこともあって」

「でも千秋さん、それはプロとしてダメなんじゃないの？　あなただってたった今、言ったでしょう？　弁護士として割り切って、クライアントの言い分が如何《いか》にひどいものであろうと悪党にも一分の理、悪人には悪人なりの、悪いことをした理由と論理がある。それをきちんと聞いて弁護してやるのがプロの弁護士なんでしょ？」

彼女の言葉に浜中先輩は大きく頷いた。

「お母様のおっしゃるとおりです。依頼を受けた以上は全力で、我々はクライアントのために弁護をしなければなりません」

「そうですわよね。弁護士としてやっていくと決めたんなら、それを徹底《てってい》しなくてどうしますか！」

説教モードになった母親に、しかし鵠沼は言い返した。

「ですから、仕事だと考えても、どうしても割り切れなかった事件だったのです。やはり、人間として譲《ゆず》れない線があるとは思いませんか？　ボクに検事になれと言ったママは、つまりボクに正義を実行して欲しかったんでしょう？　だったら仕事である以上、なんでもクライアントの言いなりになれ、という今の言い分とは、矛盾《むじゅん》が出てしまうじゃないですか！」

「あのね、千秋さん。どんな仕事にも、不本意というモノはつきものなのよ。パパをご覧なさい。お金があればあるほど銀行だの税務署だの役所だのとドンパチやって苦労してるじゃありませんか。社会人ならそういう苦労と闘うべきじゃなくって？　そうでしょう？」

さりげなく鵠沼家のブルジョワぶりを誇示した光子ママは、あくまで正論で攻めてくる。

「それで、千秋さん。あなたが一人の人間としてどうしても許容出来なかった案件とは、一体どういうモノなんですか？」

鵠沼は、待ってましたとばかりにキャビネットから分厚いバインダーを取り出して、挟み込まれた書類を確認した。

「二〇一九年の……」

読み上げようとしたところで鵠沼は止めた。

「説明し出すと、裁判の詳細を話すことになって大変ですので、思いっきりダイジェストすると……要するに、『大学の有名体育会におけるパワハラ事件』です。クライアント、つまり事件の加害者はチームの監督《かんとく》でした。ボクはボスの隅田弁護士からの指示に従ってクライアントの主張の通り裁判を進め、クライアントに有利な条件で刑事と民事、両方の裁判で勝訴しましたが……ボクは体調を崩しました」

「たしかに鵠沼、お前はあの裁判の期間中、ずっと胃薬ばかり飲んでいたし、最後にはメンタルクリニックにまで通ってたよな？」

浜中先輩が合いの手を入れる。

「その通りです。危うく鬱《うつ》病で再起不能になるところでした。ストレスで胃がんにならなかったのが不思議なくらいです。それほどボクの意に沿わない弁護を強《し》いられたということです。良心の声を無理やり黙らせ、気力を振り絞《しぼ》って、なんとか勝訴に持ち込みはしましたが……」

クライアントの悪質さにとうとう我慢ができなくなった、と鵠沼は言った。

「先生ありがとうございます、と依頼人から満面の笑みで言われたとき、気がついたらボクはそいつに思ったことを全部ぶち撒《ま》けていました」

裁判には勝ったが、それで許されたとは決して思うな、あなたは人間として最低最悪の、社会にとっての有害性という意味においてエボラ出血熱、いや放射性廃棄物《はいきぶつ》すら遥《はる》かに凌《りょう》駕《が》する存在だ、やむを得ず弁護はしたが、個人的な希望を言えばあなたはこのまま出家でもして二度と人間社会にはかかわらないでほしい、と鵠沼は依頼人に対して言ってしまったのだ。

「まあ千秋さん、凄いのね。あなたがそこまで言ったからには、その依頼人とやらは、よほどひどい人だったんでしょう。それで依頼人はそれに対してはなんて？　きっと心から反省したのでしょうね」

鵠沼は顔を曇《くも》らせ、がっくりと肩を落とした。

「いいえママ。彼は全然反省なんかしませんでした。それどころか激怒しました。『おれは客だぞ？　大金を払ったんだぞ？　その客に対してなんて口をきくんだ！　ただじゃおかないからな』って」

浜中先輩がすかさず補足する。

「それですぐボス弁・隅田からの呼び出しだ。あの依頼人は速攻で隅田弁護士にチクったんだな」

「そうです。結果的にボクが全部悪いということにされて、『お前のような面倒な奴《やつ》は要《い》らない』とボスから言われてしまって」

「哀《あわ》れ、鵠沼くんは栄光の大手弁護士事務所をあっさりクビ。お払い箱。そういう経緯なんです、お母さん」

光子は鵠沼を、次に浜中先輩を見て「そういうことだったのね？」と確認するように訊いた。

「その通りです」

浜中先輩は頷いた。

「クライアントの意に沿うクールで有能な弁護士として、ボス弁の隅田は最初、鵠沼君の事をおおいに買ってたんですけどねえ」

「やむを得ないこととはいえ、勿体《もったい》ないお話ね」

「ですからママ、それだけクライアントが悪質な事件だったたって事です。裁判には勝ったけれど、人間として疑問を感じざるを得なかったボクの気持ちも判るでしょう?」

「そうね。ワタクシは千秋さんが正しいことをしたと信じます」

光子ママはキッパリと言ったが浜中先輩は納得しない。

「信じるのは結構ですが、結局彼は、ギャレット隅田早見を事実上クビになったんですよ。ボスの隅田弁護士は泣く子も黙る法曹界の『法皇』と呼ぶ人もいるほどの存在なのに」

そう言った浜中先輩にも、鵠沼は「それでよかったのです」と言い放った。

自分に言い聞かせるように大きく頷《うなず》く鵠沼に浜中先輩は更なる苦言を呈《てい》した。

「いやいや……鵠沼君、それは完全な強がりだろ。ボスの隅田さんは怒り狂ってたじゃないか。あのクライアントはシニア・パートナーの知人であり、与党大物政治家の司信次郎《つかさしんじろう》の身内なんだぜ。せっかくお前の才能を買って抜擢《ばってき》して目を掛けてやったのに、恩を仇《あだ》で返すような真似《まね》をして、って激怒しておられたのも当然だろう。それでも、ただクビにして放《ほう》り出したんじゃなくて、君が飢《う》え死にしない程度には仕事を廻してくれるという温情があったのは、君があの裁判を勝訴に導いた、その手腕を惜《お》しんでってことなのに」

ひとまずクビの経緯に納得した様子の母親を見た鵠沼は、不満げな表情を押し殺して、ここぞとばかりに頼み込んだ。

「それでママ……仕事を続けていくには、一人ではいろいろ無理です。電話番も必要だし、資料を探したり管理する助手も必要だし、コマゴマした雑事を処理してくれる人も必要だし……」

「君ね、そういうの全部一人でこなしてる独身の中堅弁護士のセンセイは多いんだよ」

浜中先輩は、鵠沼の世間知らずぶりに呆れている。

「だいたい、新人弁護士の事務所だってのに、ここは広すぎる。豪勢すぎる。ビルの一室とかワンルームマンションで充分だろ。このお屋敷なら、むしろシェアハウスとか民泊をやったほうが儲《もう》かるんじゃないのか？」

「あら。宅が持っている不動産の中で一番ささやかなものを選んだだけですわ」

光子はそう言って首を傾げた。

「他は……軽井沢《かるいざわ》や箱根《はこね》やゴールドコーストの別荘ですとか、虎ノ門《とらのもん》や内幸町《うちさいわいちょう》のオフィスビルですとか。でもそういうビルは、どこも企業に一棟貸ししてるので」

「大変、良く判りました」

浜中先輩は一礼してこの件について論評するのを止めた。

「だけどママ、ここは広いので、掃除するのだって大変なんです」

「使うお部屋を決めて、他のお部屋は閉鎖すればいいんじゃないですこと？」

「それにしたって、お客さんを通す部屋くらいはきちんと掃除しないと……」

「そうね。千秋さんは実家暮らしの時も家事なんかしたことありませんでしたものね。福原さんの代《か》わりを募集すれば？」

光子は求人広告を提案した。

「いやいやいや、求人広告を出すより先に、仕事募集の広告でしょう！」

浜中先輩は呆れている。

「そもそも鵠沼センセイ、失礼ながら、事務員を雇う余裕、おありなんですか？　仕事募集が先だろうに」

「それは……たんなる求人広告なら求人誌に安く出せるけど……仕事募集の広告なら、それなりの媒体《ばいたい》に出さないとダメでしょう？　そんなカネ、ないです」

「ねえ、浜中さん……でしたかしら、そのお仕事募集の広告とやら、幾らかかるんですの？」

光子が訊き、浜中先輩が答える。

「金額はどのメディアに載《の》せるかによりますね。テレビCMなら大枚かかりますし、新聞だと広告の大きさとかどの面に載せるか、それも大手紙かスポーツ紙かで、いろいろ変わってきますよ」

浜中先輩は知ってることを全部吐き出す勢いで、言った。

「いいわ。その広告費、ワタクシが出します！　千秋、ここは踏《ふ》ん張りなさい！」

「お母さん、それは甘やかしすぎでは？」

思わず先輩はそう言ってしまった。

「いいえ。ワタクシは、千秋さんの、正義への志《こころざし》を捨てない姿勢を高く評価しましたの。過保護と言われても、それは結構」

彼女は、鵠沼を応援することに決めたらしい。

「その代わり、千秋さん。これが最後だと思いなさい。いくら正義の実現が尊《とうと》いことだと言っても、いいオトナがいつまでも親がかりだと、世間はアナタの本気を疑います。広告を載せるお金は出しますから、これで弁護士としての仕事を軌道に乗せなさい！　いいわね！」


嵐が過ぎ去った。

浜中先輩と母親が帰った後、鶺沼は一人になって考えた。

これが最後だ。これに失敗したら、どこか弁護士事務所を探して頭を下げて、雇って貰うしかない。

業界最大級の弁護士事務所をボスと喧嘩《けんか》してクビになったと、業界に悪い評判が広がっているとしても、そこはもう頭を丸めるくらいの覚悟で平身低頭、やるしかない。

それが嫌なら……この事務所をなんとか守るべく、やっぱり頑張るしかない！

そこで考えた。

正義を実現する、と言うのは容易《たやす》いが、行うのはなかなか大変だ。世の中には冤罪そのほか不当な扱いを受けている人はたくさんいるが、そういう人はそもそも金を持っていないことが多い。そして、巨悪と闘う行政訴訟などを起こすにはそれなりのノウハウが必要だ。役所の壁は高くて厚い。どこを押せば動くかということは、経験がモノを言う部分も大きい。

自分にはカネも経験も足《た》りない。経験はこれから積むとして、そもそもカネがなければ何ひとつ始まらない。鵲沼はようやくそこに気がついた。

まずはカネだ。手っ取り早くカネを稼《かせ》ぐには……やはりカネに糸目をつけない依頼人を摑《つか》むことだ。そしてカネに糸目をつけないのは……悪人だ！

今も昔も悪事のツケを逃れようとする悪人は多い。石川五右衛門《いしかわごえもん》が言うように、「浜の真砂《まさご》は尽きるとも　世に盗人《ぬすびと》の種は尽きまじ」なのだ。

しかも、奇《く》しくも「悪党にも一分の理がある」と自分は言ったばかりだ。その「理」を守ってやるのは弁護士にしか出来ない正義のあり方でもある。悪人にも言い分はあるし、弁護を受ける権利がある。いや、むしろ、ここは悪人の弁護を積極的にすべきではないか？　ただの弁護ではなく、情状酌量《しゃくりょう》を求めて情けに縋《すが》るだけでもない。彼ら悪人の主張を法律的に援護して展開し、より強固なモノにしてやるのだ。それなら需要《じゅよう》もあるし、社会的な意義すらあることではないか？　最初の仕事でメンタルまでやられてしまったからこそ、これを乗り越えて初めて、真の弁護士になったと言えるのではないだろうか？

依頼人に正論を説《と》いてキレさせ、ボスの隅田に告《つ》げ口されてクビになったのは、自分が余りにも青かったのだ。これからは考え方を変えて、「悪党の弁護」に徹しよう！　徹するしかない！

母親の考え方とは異なるが、ここは弁護士としての腕を磨《みが》き、金を稼ぐのだ！

鵠沼千秋は、プロフェッショナルで非情な弁護士に徹するために、百八十度、方針を切り替えることにした。

＊

数日後のスポーツ紙に、かなり大きなスペースで「悪いことをしても大丈夫！　ウチが弁護します！　どんとこい二度目の人生！」という広告が載った。マンガ付きだ。

『ああヤバい！　つい軽い気持ちでレイプしたことでおれの身元がバレて訴えられそうだ！　レイプは刑事事件だから警察に捕まって裁判になったら新聞沙汰《ざた》だ。前科がついたら仕事はクビだ。家庭は崩壊だ。一家離散だ。人生終わりだ！　いっそ自殺しよう』

と頭を抱えて悩んでいるサラリーマン風の男性。そこに颯爽《さっそう》と弁護士を名乗る知的二枚目が登場して敢然《かんぜん》と言い放つ。

『いや、お待ちなさい。死んで花実が咲くものか。私にご相談ください！　あなたを救ってあげましょう！　被害者を丸め込んで示談をキメて、不起訴に持ち込めばよいのです！』

イケメン弁護士は怒濤《どとう》のように語る。

『日本では、一度起訴されてしまえば有罪率はほぼ百%。つまり、ほぼ確実に裁判で負けて有罪になってしまうのです。しかも日本の社会は再チャレンジが出来ません。一度失敗してしまうと敗北者の人生が待っているのです。あなたの予想どおり、会社は懲戒免職《ちょうかいめんしょく》で退職金ナシ、奥さんには離婚されてお子さんとも二度と会えなくなる。刑務所で罪を償《つぐな》っても元受刑者にはロクな仕事はなく、苛酷《かこく》な肉体労働しか職はありません。過労で病気になっても保障はなく誰も守ってくれず、ホームレスになったあなたは路上で冷たい死体になり果てるのです。死して屍《しかばね》拾うものなし、です！』

イケメン弁護士は、誰もが絶望するような最悪の事態を冷静に並べ立てる。

『しかし……そんな地獄を回避する方法はあります！　あるのです！』

次のコマにはドーンと大きく『示談で不起訴！』の文字が躍《おど》る。

『被害者と示談の話し合いをして、被害届を取り下げて貰えば、警察も無理に事件にすることはなく、ほとんどの場合不起訴になります。前科もつかず、会社やご家族に知られることもなく、今まで通りの生活を続けることが出来、あなたは救われるのです！』

そうしてイケメン弁護士の獅子《しし》奮迅《ふんじん》の活躍の結果、無事に不起訴を勝ち取った「レイプ犯罪者」はホッとして『次からは気をつけます！　誰も気づいてないようだし……今晩はお祝いだ！　パーッとやるか！』と大喜び。

もちろんこれは、少し前に同様の広告を打って激しい顰蹙《ひんしゅく》を買った某弁護士事務所の広告の、完全なパクりだ。しかも、いっそう文言を悪質にして物議を醸《かも》すだろうという出来上がりになっている。

これが鵜沼千秋法律事務所の広告第一弾だった。

「おい、見たぞ！　ヤバいだろアレ」

その日の朝、真っ先に鵜沼に電話してきたのは、浜中先輩だった。

「内容もひどいが、炎上した広告をパクった上にもっとひどくしたのは最悪だ。まさにヤバさの二乗、ダブルコンボだ！」

「いやいや先輩、どうせやるなら炎上するくらいのインパクトがないと意味がないです。ボクはもう、完全に割り切って、法曹界のヒールで行くことにしましたから。こうなったら広域暴力団の組長だろうが連続殺人鬼だろうが、依頼人が誰でも、弁護ならすべてやりますよ！」

「そういう方向で行くんならまあそれはそれで……いやいや、そういうことじゃなくて。パクりは違法だよ。少なくとも違法スレスレ。新進の法律事務所がそんなチキンレースも同然なことするのは心証悪いぞ。弁護士会の懲戒請求沙汰になったらヤバい。弁護士会を除名されてしまったら君、弁護士をやってられなくなるんだぞ」

「そんなの大丈夫ですよ」

鵠沼は何の根拠もなく言い切った。

「それに、広告なんて炎上するくらいのほうが目立っていいじゃないですか。ボクはこれで世の中に宣戦布告した気分なんですから。怖いものなんかありません。炎上上等！　どんとこいです！　開き直りましたからね！」

それを聞いた浜中先輩は、電話の向こうであからさまな溜息をついた。

「しかし君……レイプを軽い犯罪みたいに扱《はいりょ》って、示談が成立したら祝杯を挙《あ》げるって、あまりにもレイプを軽視して女性の人権に配慮がないんじゃないか？　しかも、性犯罪は二〇一七年に親告罪ではなくなってる。被害届を取り下げても警察が動く場合だってあるじゃないか」

「そういう御指摘と御懸念《ごけねん》については謹《つつし》んで承《うけたまわ》ります」

鵠沼は事務的に返答したが、先輩は黙らない。

「それに君、悪党専門の弁護をするのは結構だけど、君にはその方面の実績ってあったっけ？」

浜中先輩は、罪を犯して開き直る被告人を扱うにはそれ相応のノウハウが必要だと説明しかけたが、自信満々の鵠沼はそれを遮《さえぎ》った。

「ねえ先輩。ボクはその気になれば非常に弁がたつことはご存じでしょう？　それに東大では演劇サークルに入っていたので、芝居《しばい》は得意ですよ。必要とあらば空涙を流すのだってお手のものですしね、だから泣き落としでも恫喝《どうかつ》でも、なんだって変幻自在です」

「だったら弁護士にならないで役者になれば良かったね」

浜中先輩は溜息混じりに言った。

「楽観的すぎる君に、お母様もお怒りだろう。すでに君の横にいたりして？」

「あ……今日はママは来てません。電話もメールもありません。広告が出たのを知らないはずはないと思うのですが」

その時、玄関チャイムがピンポーンと鳴った。

「あ、誰か来ました。切りますね、済みません」

「抗議団体かマスコミの取材じゃねえの？」

それかママか？　と言った先輩に鵠沼はなにも言わず通話を切って、玄関に出た。

玄関先に立っていたのは、きちんとネクタイを締めた、三十歳くらいの真面目《まじめ》そうな男だった。手には広告が載ったスポーツ新聞がある。

「鵠沼先生ですか？」

「そうですが、弁護の依頼ですか？」

鵠沼は、広告への抗議かと身構えた。

「そうです！　こ、これを見ました！」

男は例の広告のページを突き出した。

「やってしまったんです。でも、人生を棒に振りたくありません。去年結婚して子供が生まれたばかりなんです！　先生なんとかしてください」

こんなにも早く広告の効果が出たのかと、鵠沼は驚いた。

「やってしまったというのは、レイプですか？」

は、はいと男は頷いた。

鵠沼は男を家の中に案内した。仕事部屋として使っているリビングには、畳《たたみ》の上にカーペットを敷き、大きなテーブルを置いている。ここで接客をしてノートパソコンを置いて書類を作成もする。

「今、助手が出かけておりましてね、お茶も出せず済みませんね」

鵠沼は微妙に見栄《みえ》を張った。

「住所氏名年齢職業と、どのようなご依頼か、おっしゃってください」

「土井《どい》満男《みつお》三十六歳。東京都杉並《すぎなみ》区……在住で、会社員です。昨日《きのう》、警察に呼び出されて、あれこれ聞かれて、被害届が出ていることを知りました」

「それは事情聴取ってヤツですね。で、具体的な経緯を教えてください」

鵠沼は努《つと》めて事務的に話を進めた。

「私ね、やっちゃったんです。つい、出来心で。だけど、絶対に人生を棒に振りたくない。私の人生、これからですからね。なんせ女房が出産して、夫婦生活がなくて溜《た》まっていたところに、なんというか、やってくださいと言わんばかりの薄着でカラダのライン丸出しの服を着た若い女がウロウロしてたので、酒の勢いもあって……私ね、女ウケするんで、だいたい誘えば付いてくるんで……なのに、警察から呼び出されて犯人扱いされるだなんて」

そう訴える男の顔には「おれは悪くない」と書いてある。

「ハッキリ言って、現段階では土井さん、あなたは被疑者です。被害届が出されてあなたが警察に呼ばれたと言うことは、あなたは被疑者と言うことです。被疑者とは法律用語で、一般的には容疑者ということになります」

「容疑者！　私は犯人なんですか！」

土井は、自分が犯した罪について、あまり自覚がないようだ。

土井のムシの良さに腹が立ったが、ここは鵠沼自身が決めた方針に従い、相手の「一分の理」を捜してやろうと必死に我慢して、あえて冷静に言葉を継いだ。

「……具体的な事実を言ってください。何時《いつ》どこで誰が何をどのように、と言うことを。弁護士である私にきちんと言ってくれないと、弁護が出来ませんよ」

「判りました……」

土井と名乗った男はポケットからメモを取りだして、参照しながら話した。

「二週間前の、七月二十日のことです。会社で少し残業して、ちょっと飲みに寄ったらけっこう飲んでしまって……酔うと人間、タガが外れるでしょ？　私は元来《がんらい》、真面目な普通の人間で、さっきも言ったけど、新婚で子供が出来たばっかりで、ホント、魔が差したというか……女房が妊娠してからアレをさせてくれていない、ということもあって……溜まっていたのは事実です。なのにですよ。だいたい、襲ってくださいと言わんばかりの格好で、相手の女がフラフラしてるのが悪いんですよ。アレは絶対、新種の美人局《つつもたせ》です。男に襲わせて、訴えてカネをせしめるプロです」

「あの……そういう判断はボクがしますので、土井さんは、事件の経緯だけを事実に即して話してください」

なにかと自己弁護に走る土井を鵠沼はたしなめた。

土井は、七月二十日の夜二十三時頃、泥酔《でいすい》したその勢いで、繁華街から数本、通りを離れた住宅街を帰宅中の女性をどうやら襲ってしまったらしい、と語った。

「詳しい事はよく覚えてないんです。ただ、帰宅したらズボンが汚れていて、最初は粗相《そそう》をしたのかなと思ったところで……断片的な記憶が蘇《よみがえ》ってきて」

だってですよ！　と土井は語気を強めた。

「こっちは溜まってるのに、これみよがしに、薄着の、カラダの線がバッチリ見える、着てるんだか着てないんだかよく判らない格好で、長い脚を曝《さら》け出して歩いてたら……ムラムラしませんか？　襲われるのが嫌なら、黒ずくめの……ほれ、中東の女が着てるような」

「ブルカ、でしたっけ？」

「それかも。とにかく、オッパイやケツや脚を見せて男の劣情《れつじょう》をそそってんじゃねェよ、と言いたいわけですよ。で、そういう格好をした若い、オッパイも大きくてヒップもきゅっとしたのが目の前を闊歩《かっぽ》してるわけですよ。センセイだってムラムラくるでしょ？　襲いたくなるでしょ？」

「性的な妄想《もうそう》をするかもしれませんが、それは頭の中だけですね。大半の男はムラムラしてもそこで終了です」

鵠沼は冷静に言った。

「しかし土井さん。あなたは妄想を実行してしまったんですね？」

「酔っ払っていたので……私もね、シラフだったら自分を抑制《よくせい》できますよ、ええ」

「同じ事を何度も繰り返して言い訳なさいますけど、やったんですよね？　その自覚はあるんですよね？」

ここのところが一番大事なんです、と鵠沼は念を押した。

「いえ、あの、酔うと私、普段より力が出るみたいで、その女の子の腕を掴んで横丁の狭い道に引き摺《かず》り込んで押し倒して……声を出されるとアレなんで、口を塞《ふさ》いで。その時、思いっきり噛まれたみたいで」

土井は左手に残る歯形を見せた。

「その傷、警察でも確認されましたよね？」

土井は頷いた。

「写真も撮られました」

そう言った土井は、話を聞いている鵠沼の反応を見て、慌てて付け加えた。

「あのねセンセイ。何度も言いますが私、全然、覚えていないんです。これって心神耗弱《しんしんこうじゃく》状態とかになりませんか？」

「酔っぱらいの悪事まで心神耗弱と認めてしまったら警察は要らないですよ」

鵠沼は冷たく言い放った。

「警察は、被害届を受理してから防犯カメラなどを調べて容疑を固めた上で、あなたを呼んだんでしょうし」

鵠沼は土井の言い訳に取り合わず、話を進めた。

「はい。たしかに、防犯カメラの画像の一部を見せられました」

「そこであなたは被害届にあるようなコトに及んでいたんですね？」

ええ、と土井は渋々《しぶしぶ》頷いた。

「じゃあ、言い訳できませんね」

「ちょっと待ってくださいよ。センセイは弁護士でしょ？　どうして依頼人である私の味方になってくれないんですか？」

「事実関係をしっかり確認するのが先です。何が起こったのかきちんと知らないのに弁護など出来ませんよ。やってないのにやったと罪を押しつけられる冤罪の弁護と、実際にやってしまったけれど少しでも罪を軽くしてほしい情状酌量狙《ねら》いとでは、弁護内容も作戦も大きく変わってきます。それ、判りますよね？」

判りますけど、と土井は不満そうに答えた。

「ですけどね、さっきから言ってるように、やったことはやったけど、あれは、向こうから誘いをかけてきて、私は罠《わな》にハマッたようなものなので」

「被害を訴えた女性の言い分を聞かないと、ボクは、そうですねとは言えません。その一方で、たしかに美人局のような真似《まね》をして男性からお金を取るケースはあります」

鵠沼は公平であろうと努力した。

「それですよそれ！　無罪ってコトには出来ませんかね？」

「それは、被害届を出した女性の言い分と、警察がどう判断しているかを調べた上での事ですね。しかし、全面的に無罪を主張すると、裁判で決着を付けることになる公算が高いですよ？」

鵠沼がそう言うと、土井は怯《ひる》んだ。

「判りました」

土井はそう答えるしかなかった。

「土井さん、あなた、お金はありますか？　こういう件は相手方と示談を進めて成立したかどうかが刑事に大きく影響してきます。非親告罪だから警察検察の判断で事件化して立件出来るのですが、示談が成立すれば警察も被害者感情を汲《く》むので……判りますね？」

「カネで解決するって事ですよね？」

「そうです。それしかありません」

鵠沼はハッキリと言った。

「示談に持っていくには相応のお金を積む必要があります。カタチだけでも謝罪する必要もあります」

「どれくらいかかりますか？　一千万までならなんとかします。親に泣きついて、足《た》りない額は借金してでもなんとかします。謝るのなんか何でもありません。頭を下げるのはタダなんだから、いくらでも下げますし」

土井には、やった事への反省はまったく無い。鵠沼も、敢《あ》えて相手の男に反省を促《うなが》すことはない。この男の「一分の理」を、弁護士として守ってやることだけに集中するのだ、と自分に言い聞かせ、ビジネスライクに話を進めた。

「そうですね。現在の強姦《ごうかん》に関する示談金の相場は、状況と被害者の怪我《けが》などによって、百～二百万という感じですね」

それを聞いた相手は、明らかにほっとして笑みを浮かべた。

「安い！」

「それに、弁護士報酬《ほうしゅう》と手数料が実費で加算されます。これも手間のかかり具合で変わってきますが」

「だけど一千万って事はないですよね？」

「よほど交渉が拗《こじ》れなければ」

「お願いします」

相手の男は鵠沼にひたすら平身低頭した。

「とにかく、向こう側の出方などについて調べますので、後日また来てください。あ、これにてこの件に着手したということになりますので、着手金を頂戴《ちょうだい》しますよ」

「え。まだ何もしてないのにカネ取るんですか？」

「ですから、これから着手するんで」

その日は土井と契約を交《か》わして帰し、鵠沼は警察に向かった。

＊

「調べてきました」

翌日、鵠沼は土井を呼んで、判断を告げた。

「あなたはやりましたよね？　……女性を強姦しましたね？」

鵠沼は基本的なことを確認した。

「やったというか……関係は持ちましたけど、私としては、レイプと言われるのは心外なところもあって……」

土井は未練がましく、まだ同じ事を繰り返している。

「防犯カメラの映像を見ました。被害届を確認しました。被害女性が提出した診断書《しんだんしょ》も見ました。被害女性から事情を聞いて調べを進めている、刑事さんの話も聞きました」

鵠沼は、自分の依頼人である被疑者の土井をじっくりと見つめ、有無を言わせぬ口調で言った。

「あなたは、相手の女性に言うことを聞かせるために、平手で顔を叩《たた》きましたね？　被害者はそれで口の中を切って、全治二週間の診断書が出ています」

「……覚えていません」

「被害女性は都内の大学で法律を学ぶ女子大生で、意識はとても高いです。そして、処罰《しょばつ》感情も強いです。加害者、つまりあなたを正当に罰するために裁判も辞さない、自分の名前が出ても仕方がないと考えています。それを被害者のご両親も支持しています」

「ちょ、ちょっと！」

土井は悲鳴を上げた。

「それって、裁判になるって事ですか？」

「今のままであれば、ですね。裁判になれば、あなたの会社やご家族には当然知られるでしょう。ご家族が裁判の傍聴《ぼうちょう》に来れば、あなたがなにをしたか、すべて知られてしまうでしょう」

土井はうろたえ、子供のようなイヤイヤをした。

「それは困ります。困るから、だからセンセイにお願いしてるんじゃないですか！」

「被害者の高い『処罰感情』を、裁判を経《へ》ずしてどうやって納めて貰うか。それが今回のポイントです」

冷静にそう言った鵠沼は、土井を見据えた。

「ですからもう、相手が誘っただの美人局だの、罠にハマッただのといった見苦しい言い訳は、今後一切口にしてはなりません！」

「はい……」

土井は小さくなって、頷いた。

「示談にしましょう。立件を避《さ》けて裁判を回避するには不起訴に持ち込むしかありません。そのためには、示談以外の方法はありません。民事で示談から和解を勝ち取れば、刑事で警察と検察が無理やり立件してあなたを起訴して裁判に持ち込むことは考えられません。民事の和解で被害者感情を計れるからです。和解に応じたということは、被害者感情が和《やわ》らいで、処罰を求める方向には向いていないと判断出来るからです。ここまで、お判りですね？」

「……判りました」

土井は、不承不承、同意した。

「こちらとしては、平身低頭謝りに謝って、謝罪に徹し、しかも、その気持ちを客観的に表す唯一《ゆいいつ》の手段として、慰謝料《いしゃりょう》ないし和解金を相当額、積まねばなりません。前回申し上げた相場の金額よりも高くなることは覚悟してください」

土井は苦渋《くじゅう》の表情で頷いた。しかし、ハッとした様子で顔を上げた。

「ねえセンセイ、今、ちょっと思ったんですが」

土井の目が暗く光った。

「もしかしてセンセイは、相手側と話をつけて談合して、慰謝料の額をわざとつり上げたり、相手がごねていることにして話をわざとややこしくして、弁護料をつり上げるつもりじゃないですよね？」

それを聞いた鵠沼は、一瞬で激怒した。

「なんだと！　今、何と言った？」

鵠沼は仁王《におう》というか、怒った大魔神のような形相になって立ち上がった。

「そんな失敬な事を言うのなら、どうぞ他の弁護士さんのところに行ってください！　どこに行ってもボクと同じ事を言うと思いますよ。あなたはもう示談を進めるしかないんだから！　さあ、どこにでも行ってください！　行きなさい！　あんたみたいな卑劣《ひれつ》な依頼人、好き好んで引き受けたい弁護士なんていませんよ。そもそも性犯罪なんて一番卑劣な犯罪なんです。それを軽く考えるアナタには最初から反吐《へど》が出そうなんだけど、仕事だからと我慢してるんだ。それは他所《よそ》の弁護士さんも同じで、そんなアナタの足元を見て、弁護料をかなりつり上げてくるヒトもいると思うけどね！」

鵠沼は土井を思いっきり突き放した。

「あ、す、済みません！　済みませんでした！」

鵠沼の凄《すさ》まじい怒りに、土井は慌てて謝り、ガバ、と床に伏せて土下座した。

「もっ申し訳ありません！　今後はセンセイにすべてをお任せ致します！」

「……判れば宜《よろ》しい」

鵠沼は息を整えた。

もちろんこれはブラフだった。鵠沼としてはここまで調べた事件をチャラにしたくなかったし、話をまとめる自信もあった。というか、この仕事を失ったら、鵠沼法律事務所は今月からしばらく無収入に陥《おちい》ってしまうのだ。

もちろん、土井に言ったことは本心だ。強姦したくせに、被害者の心に一生残る傷を与えたことを一顧《いっこ》だにせず真摯《しんし》に反省もせず、まるで無実の罪を負わされたかのように開き直る土井には悪感情しか湧《わ》かない。しかしそれを理由に弁護を拒否するのは弁護士とは言えない。この男の言い分に「一理」すらあるとはもはや思えないが、少なくともこの男の家族に罪はない。たぶん。ならば「家族のために」を一理として、できる最善を尽くすまでだ。

「では、早速、取りかかりましょう」

鵠沼は感情を押し殺して、事務的に言った。

「万全を尽くします」

＊

鵠沼の八面六臂《はちめんろっぴ》、獅子《しし》奮迅《ふんじん》の活躍で、土井の事件はなんとか示談が成立した。示談金を積むことで、加害者・土井の誠意のシルシとし、土井本人にも謝罪文を書かせた。直接会わせて謝罪させることも考えたが、被害女性としては加害者の顔など二度と見たくない、と考えるだろうから、謝罪文とした。その文面も、鵠沼が一言一句添削《てんさく》し、何度も清書させ直して、謝罪の気持ちが被害女性に伝わるように努力した。

鵠沼自身、仕事として割り切って「悪いヤツを弁護する」ことに徹したのだが、示談する段階で、ここまで被害者の気持ちを考えることになるとは意外だった。善悪は置いておいて、もっとビジネスライクに仕事を進められると思ったのだが、それでは加害者が本気で謝っていない事が前提になってしまい、示談が成立しないかもしれない、と思ったところから、彼自身が真剣に考えた。そして、鵠沼自身が加害者に腹を立て、被害者の気持ちを真剣に考えた結果、被害女性と気持ちが通じ合えるところにまで至った、と考えるべきなのだろう。

「土井満男さん。あなたが二〇二二年七月二十日に起こした女性強姦事件についての東京地検の決定が出ましたのでお伝えします」

自分の事務所で鵠沼は、起立して相対した土井に言い渡した。

「本件は、被害者との示談が成立したことを考慮して、土井満男を不起訴と決する」

賞状伝達式のように、鵠沼から土井に、不起訴決定書がうやうやしく手渡された。

「あなたはこの結果を受けますか？」

「も、もちろんです！　有り難うございます！」

土井は決定書を一読確認して押し頂くと、安堵《あんど》の笑みを浮かべた。

「センセイ、本当に有り難うございました。これで私、救われました」

「やれやれ……本当に苦労しましたよ、土井さん！」

鵠沼は格式張った口調からガラッと砕《くだ》けた口調になると、どかっと椅子《いす》に座った。

「男は自らの欲望に弱い愚《おろ》かな生き物です！　だから、何卒《なにとぞ》ご高配を、とワタクシ、頭を下げまくりましたよ、ほんと」

「それに、カネも積みましたけどね」

「当たり前でしょう！　こういう件はお金で誠意を見せるしかないんですから！」

「だけど、想定以上のカネがかかってしまいましたよね。これって札束《さつたば》で相手の頬《ほお》を引っぱたくような行為では？」

土井は慰謝料の金額が膨《ふく》らんだことに不満そうだったが、これは鵠沼が仕組んだことでもあった。土井にとってはかなりの痛手になる深刻な額を払わせることで、土井への懲罰の意味も含めたのだ。被害女性は、金額の問題ではないと言っていたが、「お金は腐《くさ》るものではないですから」と半《なか》ば強引に相手に渡したのだ。

「被害女性とその家族は富裕層で、想定したほどカネの効《き》き目はありませんでしたが、その分、泣き落としとか人情に訴えましたよ」

鵠沼は、いかに加害者の土井が愚かでクソな人間であるかを、創作を混ぜて強調していた。庇《かば》ったのでは逆効果になると思ったからだ。

「だからですか……私も何度か謝罪に伺《うかが》おうとしたけど、その時の拒絶の言葉がちょっとひどすぎる、と思えるほど強烈だったのは」

「まあそれは、レイプ犯に対しては当然の反応だと思いますけどね」

鵠沼はなおも冷ややかな対応……いわゆる「塩対応」を続けた。

「自分で言うのもアレですが、被害者の女性に、『こんなことであなたの将来に傷をつけたくない』と言ったのは、我ながら倫理的に苦痛を覚えました。ほとんどヤクザも同然の、法外な論法です。自己嫌悪《けんお》に陥ります」

「鵠沼先生、まあ、そうご自分を卑下しないでください」

土井は言葉の選択を間違えて鵠沼を慰《なぐさ》めた。

レイプ犯に憐《あわ》れまれるとは世も末だ、と鵠沼は情けなかった。

物凄く嫌なヨゴレ仕事をしてしまったという嫌悪感にどっぷり浸《つ》かって鬱になりそうだ

った鵠沼だが、暗い気分は意外にもあっけなく晴れることになった。

現金なもので、約束通りに弁護料が振り込まれて当面の経済の危機が回避された途端《とたん》、鵠沼は元気になった。しかもこの仕事の成功が評判になって、仕事の依頼が次々に舞い込んできたのだ。

しかしそれは、あらゆる「自分の行為を正当化するバカ野郎」が集まって来たことを意味する。痴漢《ちかん》・万引き・轢《ひ》き逃げ・賄賂《わいろ》・詐欺《さぎ》……これすべて「人間は欲に弱い」結果故の不始末なので、なんとかしてくれと、迷える子羊、いや狼《おおかみ》どもが大挙してやって来たのだ。

内心忸怩《じくじ》たるものが無かったわけではない。だが鵠沼は自らを鼓舞した。

「やった！　これで、おれの時代が来たぞ！　おれはこの世の汚れ仕事を一手に引き受けて、『ダーティ・ローヤー』を名乗ってやる！　そこにだって弁護士の存在理由はある！」

そう自分に言い聞かせた。

世に悪党のタネは尽きまじ。この世に悪事が起きてワルモノがいる限り、弁護士は食いっぱぐれないのだ！

電話や直接やってくる依頼人を捌《さば》くのが大変になってきたが、鵠沼はほくそ笑んだ。

これは儲かる！　来年辺り、助手を雇って、ゆくゆくは「日本六大弁護士事務所」になるのだって大それた夢じゃないぞ！　その時に初めて、「正義」のために戦ったっていいじゃないか！

急遽《きゆうきよ》、じゃんじゃんかかってくる電話を受けるのに電話オペレーター・サービスを頼み、鵠沼は小躍りする勢いで仕事を捌いていった。

「あなた痴漢をしたんですね？　で、示談をご希望ですね？」

かなり悪質なレイプ事件を不起訴に持ち込んだ手腕が評判となり、鵠沼のもとに持ち込まれる依頼の大半が、性犯罪の示談交渉ということになった。

そしてある日。

「いいえ。お願いしたいのは示談ではありません。示談は実際にやったことを認めることを意味しますが、私の場合は、あくまでも冤罪であるという線でやってください」

中年というより初老というべきスーツ姿の男は、まったく悪怯《わるび》れず、堂々たる態度で鵠沼に要求した。

「つまり、あなたは痴漢をしていないのに被疑者扱いされているということですか？」

「いいえ、痴漢と称される行為はやったことになると思うのですが、私は犯罪者として扱われたくないのです。朝、『ヤアお早う』と肩をぽんと叩くような感覚でお尻《しり》を触ることの、いったい何がいけないのですか？」

この依頼人は、独自の「スキンシップは痴漢ではない」理論を滔々《とうとう》と口にした。

「あなたのお考えは判りました。では、裁判で争うということで宜しいですか？」

「だからそれは困る。冤罪である以上、不起訴に持ち込んで貰わねば」

「しかし……警察は現在、痴漢行為に対して厳しい姿勢で臨《のぞ》んでいます。あなたの、その、いささかユニークな理論は法廷で開陳すべきものだと思いますが」

「いや、冤罪なのであるから不起訴が相当である！」

相手の紳士《しんし》は、北大路《きたおおじ》欣也《きんや》がドラマで言いそうな重々しい断言口調で言いきった。しかし、鵠沼も鍛《きた》えられてきたので、しっかり応戦した。

「そうはおっしゃいますが、冤罪かどうかは法廷で争うものです。裁判を回避したいなら、示談にするしかありません」

裁判になった場合に要する時間と費用を概算で提示してやると、相手はあっさりと折れた。

「……示談でお願いします」

次の依頼人が持ち込んだ事件は「轢き逃げ」だった。

「別れ話を切り出したら相手の女が逆上して、おれが乗った車に追いすがって、ドアノブを摑んで放さないのです。で、怖くなったおれは車を発進させて、振り落とそうとしたのですが、相手は大学時代、新体操をしていたとかでカラダがしなやかでなかなか振り落とせず……」

スピードを上げてようやく振り落とした、と思ったら、女性が対向車に轢かれてしまったのだという。

二十代後半らしい男の赤いシャツの胸元からは濃い胸毛が見えている。イタリア製らしいサングラスにチャラチャラしたアクセサリーは一昔前のプレイボーイそのものだ。

「それはひどい。このままだと、あなたは間違いなく殺人未遂《みすい》で起訴されますよ」

「いや、あれは、相手の女性の執念《しゅうねん》深さにおれが恐怖を感じた故の交通事故です。不可抗力です。おれに相手を怪我させる意図はありませんでした。なので、おれとしてはむしろ、相手をストーカーとして訴えたいのです。事故が起きたのも相手の女のせいですし」

「では、法廷で争うということでいいですか？」

「いやそれはちょっと。だって相手はストーカーですよ？　その非を認めさせて、なんとかプラマイゼロの線で収まりませんか？」

時代遅れの遊び人はタバコを吸おうとしたが「禁煙です」と言われて渋々仕舞った。

「つまり、示談がご希望なのですね？」

「相手の女だって、弱みがあります。そこを突いてくれれば女も折れますよ」

「考えておきましょう」

そう言ってこの依頼人にはお引き取り願った。

次の依頼人が逃れたい罪は「公職選挙法違反」だった。

やっとマトモな案件が来た、と鵠沼はワクワクしながら依頼者と応対したが……。

「私、先日の選挙で当選した、梶本鋭一《かじもとえいいち》です。参議院議員です。当選一回です」

これまでの依頼人の中で、最も律儀《りちぎ》で真面目そうな中年男が、追い詰められた表情で鵠沼と相対した。その横に秘書なのか、若い女性が座った。ふっくらとしたセクシーな唇《くちびる》が特徴的な、とびきりの美女だ。潤《うる》んだ大きな目。通った鼻筋。そしてサラサラツヤツヤのロングヘア。

鵠沼がその女性に目を奪われ、あからさまに視線が吸い寄せられているのを見て、梶本議員は仕方なさそうに紹介した。

「こちら、選挙を手伝って戴いて、その後もいろいろとご支援戴いている、細井《ほそい》さん」

「細井加世子《かよこ》でございます」

その女性が名乗って深々と頭を下げると、議員は熱弁を振るい始めた。

「私、梶本鋭一は、有権者の生活と安全を守るためにすべてを投げ打って、今の政治に風穴を開けるべく、全身全霊を込めて選挙戦にベストを尽くし、見事、当選を勝ち取ったのであります！」

さすが政治家、演説は手慣れたものと言うべきか。

「しかも私の選挙区は、旧弊《きゅうへい》な候補者ばかりが出馬する、きわめて古い習俗が蔓延《はびこ》る地域です。そんな中で私はそれはもう泥沼の戦いを……」

しかし鵠沼は、そういう苦労話にはまったく興味がない。

「はいはいわかりました梶本センセイ。それで、ご依頼の件は？」

「それなんですが、私、選挙事務所開きの際に、酒の差し入れを受け取ったのです。しかしこれは公職選挙法違反であるとして、敵対候補・大石宙太郎《おおいしちゅうたろう》の陣営に怪文書を撒かれてしまいました」

酒を受け取ったという、たったそれだけのことで、と依頼人の梶本は忌々《いまいま》しそうに言った。

「まったくけしからんことだとは思いませんか？」

「しかしセンセイ、酒は、公職選挙法第十三章第百三十九条においてダメであると規定されてますよ。『何人も、選挙運動に関し、いかなる名義をもつてするを問わず、飲食物(湯茶及びこれに伴い通常用いられる程度の菓子を除く)を提供することができない』と」

「どうか杓子定規《しゃくしじょうぎ》に判断しないでいただきたい。政治の世界は魑魅魍魎《ちみもうりょう》が跋扈《ばっこ》しています。落選した敵陣営は、私に対して恨《うら》み骨髄《こつずい》で、私を選挙違反で訴えて当選無効にさせようとしているのです。これは私の政治生命の危機です！」

「いやしかし……お酒を受け取っただけなら、敵陣営の罠だったかもしれませんし、不注意だったということで、不起訴か起訴猶予《ゆうよ》だと思いますよ。ただ……そのお酒を支持者に振る舞ったりしたら、買収ないし利益誘導とみなされて公職選挙法の……ええと」

鵠沼はパソコンの六法全書を検索した。

「二百二十一条や二百二十二条違反に該当《がいとう》する可能性があります。これで運動員の有罪が確定すると連座制が適用されて、候補者の当選が無効に……」

梶本は絶望的な表情になったが、大きな溜息をついた。しかし隣にいる細井加世子は平然としている。

梶本議員は気を取り直して、話を続けた。

「まあその、これはあくまで運動員がやったことですからね。助っ人《すけと》として他所から派遣されてきた奴がうっかり受け取ってしまって、貰い物だからとその場にいた者全員にコップ酒で振る舞ってしまったのです」

梶本は「うっかり」を強調したが、鵠沼はその手には乗らなかった。

「連座制が適用されると、候補者、つまりアナタ、梶本センセイの責任も問われて、当選無効となるんですよ。梶本センセイはセンセイではなくなって議席を失うんですよ。決して軽いものではないんですよ。もうちょっとシビアに考えた方がいいです」

選挙違反の裁判になってしまうと、鵠沼お得意の「示談」は使えない。

「つまり、政治家の必殺技『秘書のせい』が使えないって事です」

鵠沼の目の前にいる当選ホヤホヤの議員が明らかに挙動不審になってきたので、鵠沼は助け船を出した。

「ただね梶本先生。実際問題として、選挙事務所で貰い物のお酒を振る舞った程度で、警察の捜査二課や検察が動くとは思えないんです」

が、ここで、鵠沼の目が光った。

「アナタがここまで心配するということは……余罪というかなんというか、他の、まだ明るみに出ていない『本当にヤバいこと』があるんじゃないんですか？　それが露見すると本当に政治生命を断たれてしまいそうな……」

「いいえ。私に限ってそんなことは断じて！」

「性的スキャンダルとか？　未成年の女の子とパパ活とか」

「いいえ！　私の下半身はクリーンです！」

「運動員を殴《なぐ》ったとかパワハラしたとか？」

「それもありません。私は運動員のみなさんには本当に丁寧《ていねい》に接しましたよ。私の選挙運動を無償の、本当のボランティアで毎日支えてくれた、有り難い存在ですからね」

その言葉に、鵠沼はちょっとした違和感を覚えた。

「もしかしてセンセイ。今のお言葉は……センセイの運動員は、某宗教団体から派遣された運動員であるとか？」

そう冗談《じょうだん》めかして言えば、「まさか！」という答えが返ってくると思ったのに、なんということか、梶本センセイは俯《うつむ》いて黙ってしまった。

「まさかの話ですけど、宗教団体から多額の寄付とか政治資金を貰っていたとか？」

「ちょっと待ってください。それは、ダメなんですか？」

今まで黙って梶本議員の横に座っていた細井加世子がいきなり口を挟んできた。

「特定の宗教を信じている人たちが選挙を応援したらダメなんですか？　そんなことないでしょう？　思想信条宗教の自由は憲法で保障されていますよね」

「個人としてならそれは問題ないですが、団体として組織的に応援されたとなると、今のご時世、いろいろと問題が」

「いろいろと問題が、とか曖昧《あいまい》なことを言わないで戴けますか？　これは憲法に絡《から》む重大な問題ですよ？　思想信条の自由、信仰《しんこう》の自由は憲法で保障されているんですよ？」

細井加世子の剣幕に鵠沼は驚き、改めて梶本議員に確認した。

「たしかに日本国憲法第十九条で『思想及び良心の自由』が保障され、二十条で『信教の自由』が保障されており、宗教団体が特定の政党を支持することは禁止されてはいませんが……」と言った鵠沼は首を傾げた。

「まさか、先生の選挙は本当に宗教がらみなんですか？　いや、実際にどう罪に問われるかについては、ボクは取り締まる側じゃないので、今、はっきりしたことは言えませんが……」

逃げ腰になった鵠沼に、しかし議員は追いすがった。

「いやいや、そこをなんとか……ほら、法律って、幾らでも抜け道があるでしょう？　それを探すのが弁護士でしょう？　とにかく私たちは、間違った事をしているつもりは毛頭ありませんから！」

そこまでキッパリと言いきられてしまうと返す言葉がないが、仕方なく鵠沼は言った。

「あのですね、弁護士の仕事はそういうことではなく、あくまでも法に則《のっと》った上で、できることを探すというか……」

そこで細井加世子が再び割って入った。憤懣《ふんまん》やるかたない、という口調だ。

「そのとおりです。梶本先生のおっしゃるとおり、私たちはまったく間違ったことはしておりません。なのに大石陣営が梶本先生にあれこれナンクセを付けてくるのです。ひどいじゃないですか！　選挙で先生に負けた、その腹癒《はらい》せに決まってるんです。でも私たちに後ろめたいところはないので、出るところに出て、正式に争ってもいいのです！」

細井加世子は美しい顔できっぱりと言った。美女は怒るといっそう魅力的になるという人がいるが、今の細井加世子はまさにそれだ。

しかし、自分は既《すで》に厄介《やっかい》そうな事件をいくつか引き受けてしまっている。助手もいない今の状況で、こういう大きな事件を受任出来るか？

鵠沼は自問した。

政治家を依頼人にすれば、結構なカネを引っ張れそうだけどなあ……。

「今伺ったお話だけではちょっと判断がつきません。もっと詳しいことを具体的な資料とともに……」

と言いかけた鵠沼に、細井加世子は「お願いしますよ先生」と、急に甘い声を出して迫ってきた。

「たしかに微妙な問題なのかもしれません。けれどそこは先生のお力で……ねえ、梶本先生？」

細井加世子はそう言って梶本議員に流し目を使った。

「あ、ああ。そうだね。そのとおり」

議員は慌てて頷いた。

鵠沼としてはこの件は保留にして、冷静になって仕事量的に受けられるか考えたかったのだ。カネは欲しいが、処理能力を超えた結果、交渉や裁判で負けてしまっては元も子もない。

「じゃ、お願いしますね！」

細井加世子の瞳はやはり潤んでいる。それが激烈に色っぽい。

気がつくと、鵠沼は「判りました。お引き受けします」と答えていた。


今日だけでも山ほどの依頼人の話を聞いたが、時間はもう夕方の五時。そろそろ店仕舞いの時間だと思いつつ、最後の依頼人と会った。

「次の方、どうぞ」

と、鵠沼が声をかける前に、玄関からバタバタと乱暴な足音が鳴り響き、一人の中年女性が興奮した面持《おもも》ちで「乱入」してきた。

「ここは待合室もないのね？　客をさんざん玄関先で待たせておいてどういうこと？　お茶の一杯も出ないの？」

のっけに怒り狂った中年女性が喚《わめ》き立てた。いわゆる「オバタリアン」タイプには見えない。大仏パーマでも吊《つ》り上がった三白眼でもなく、口の中にキバも生えていない。怒ってさえいなければごく普通の、中肉中背で平凡な顔立ちの「お母さん」風だ。しかし今の世の中、外見から判りやすい人物より、ごく普通に見える人間の方が恐ろしいのだ。何を考えているか判らないし、常識人だと思っていたら突然、あらぬ方向から牙を剝《む》いてくるからだ。

「すみません。目下、人手不足でして……」

鵠沼は低姿勢で謝った。なんせ相手はクライアント、いやクライアント予備軍だ。

「まあいいわ。電話でも話したけど、とんでもない濡《ぬ》れ衣《ぎぬ》なのよ！　ウチの子がスーパーで万引きをしたってことにされたの。親子もろとも出入り禁止になったんですけど！」

彼女の声はすでに激しい怒りを含んでいる。

「そうですか。それであなたがその親子の母親の錦戸《にしきど》さんですね？」

用件の概要は電話で受けている。

「はい。足立《あだち》区花畑《はなはた》在住でデータ処理の在宅勤務をしております錦戸政江《まさえ》と申します。三十四歳、既婚。夫は会社員。子供一人。花畑の建売住宅に住んでいます」

錦戸はキッパリとした口調で、既に戦闘態勢の迫力を放っている。

「それで、錦戸さんのご依頼の件は、あなた方親子を出入り禁止にしたスーパーを訴えたいということで宜しいですか？」

「その通りです。いえ、正確に言えば、私たちを出禁にしたスーパーと、そこの判らず屋で根性がひん曲がった従業員を訴えたいんです！」

錦戸は鵠沼に訴えたあとメモを見て説明を開始した。

「六月三十日の夕方のことです。仕事の合間に子供を連れて、近所のスーパー『スーパーグランドアダチ　花畑店』に買い物に行ったんです。そうしたら、子供が何気なくポケットに入れたチョコレートを店員の女が見咎《みとが》めて、大きな声で『ボク、泥棒《どろぼう》したらダメでしょう！』って怒鳴りはじめたんです。私は穏やかに説明しましたよ。それが誤解であること、子供は既にポケットからチョコレートを出して元の売り場に戻していること、近所だし私は常連のお客だし、店内には隣近所の人もいるので大声で怒鳴らないで欲しいとお願いしたのに、あのクソ女は」

くだんの「クソ女」について錦戸は、ほんとデリカシーのカケラもない、チョコくらいいくらでも弁償するし、と罵倒《ばとう》が止まらない。

「あんまりだと思いません？　そりゃ、従業員からすれば万引きに見えたんでしょうけど、こっちだって謝ってるんだし、穏便《おんびん》なやり方はいくらでもあるのに、大きな声でいきなり泥棒呼ばわりはありえないでしょう？　あいだに入ってきた別の従業員も、話を収めるのかと思ったら警察に行きましょうって、火に油を注ぐだけで。店長さんに談判したけど、この店長ものらりくらりとハッキリしないことばかり言う、事なかれ主義のダメ男だったから、私も『こりゃダメだ』と見切りを付けて、名誉毀損の刑事告訴と民事訴訟を起こそうと思って、ここに来たんです！」

話を聞く限り、シンプルな案件だ。悪いヤツを無理やり弁護するわけでもなさそうだし……。

鵠沼は、やれやれようやくマトモな案件の依頼が来たか、といくぶんホッとした。

「なるほど。よく判りました。では手続きを始めましょうか。刑事と民事の両方でいいんですね？　弁護料もそれなりになりますが、よろしいですね？」

「結構です。これは金銭の問題ではなく、道義というかスジの問題ですから」

鵠沼は頷いて、刑事では告訴状、民事では訴状の作成準備のために、具体的な事情の聞き取りを開始しようとした、その時。

「あのう、済みません……玄関が開いていたので……」

と言いながら、もう一人、別の女性が顔を出した。

よく言えばポニーテールだが実際は引っ詰め髪というしかないヘアスタイル。歳のころは二十代後半から三十代アタマというところか。赤くて細い縁のメガネが青白い顔に目立っている。化粧っ気もなくファッションにも興味がなさそうな、よく言えばスレンダー、悪く言えば栄養不良的に痩《や》せて貧相な感じで、立っていても猫背気味だ。

そんな女性がおずおずと入ってきたが、デスクの前に座っている錦戸を見て、「あ」と言うと固まってしまった。

「鳥飼《とりかい》！」

錦戸に指を差された女性は真っ青になった。

「アンタ、ここに何しに来た？」

「わ、私は……錦戸さんが私たちを訴えてやると息巻いていて、その時、『新聞広告で見たんだよ！　何でもかんでも弁護するって広告！』って言ってたので、たぶんここじゃないかと思って来てみたんです。そうしたら、外に居てもわんわん聞こえるような大声で、錦戸さんの声が響いてきて」

「鳥飼！　アンタには本当に腹を立ててるんだよ！」

錦戸は吠《ほ》えたが、鳥飼と呼ばれた女性は、青ざめながらも言うべき事は言った。

「こちらの錦戸さんを出入り禁止にしたスーパーは私の勤め先で、錦戸さんはそのスーパーと私と同僚《どうりょう》を、不当に訴えようとしています。でもそんな訴えは、正しくありません！　むしろ訴訟権の乱用です！」

鳥飼という女性は法曹人のような言葉を使った。素人《しろうと》の聞きかじりか？　鳥飼は鵠沼に体を向けると一礼し、手を胸に当てて自己紹介を始めた。

「私、スーパーグランドアダチ花畑店パートの鳥飼美智子《みちこ》と申します。正確に言うと、錦戸さんと対立したのは私です。その私を庇《かば》ってくれた同僚の谷塚《やつか》さんと、私の勤務先であるスーパーも、錦戸さんは訴えようとしてるんです」

「は？　当たり前でしょ？　大事なウチの子に濡れ衣を着せといてアンタ何言うのよ！」

だからねえ、と錦戸の声は大きくなるばかり。普通の、一見清楚《せいそ》に見える主婦が怒ると怖いという実例だろう。

「アンタんところの店が、私の子供に失敬なことをしたから、当然の権利として訴えて懲《こ》らしめようとしてるんじゃないの！　私の抗議をきちんと受けて謝罪しなかったからよ！　自業《じごう》自得でしょ！」

ざまあみろ、と鳥飼に言った錦戸は、再び鵠沼に顔を向けた。

「とにかくね、このお店の連中はひどいんですよ！　客を客とも思ってない、ただの財布にしか見えてない、外道しかいない最低の店なんだから！」

ごく普通に見える女性なのに、その口からは、聞くに堪《た》えない罵詈讒謗《ばりざんぼう》がこれでもかと流れ出した。

「まったくひどい店ですよ！　親が見ていなければ子どもに何をするか判りゃしない。足をつかんで逆《さか》さ吊りくらいのことは平気でするでしょうね。この女、鳥飼を始めとして、店員全員サイコパスのサディストですっ！　私の大事な子どもが、ついうっかり商品を持ち出しただけで犯罪者扱いして！　人間誰しもうっかりすることはあるでしょ！　しかも、年端《としは》のいかない子供ですよ！　コトの大小・善悪も判らない幼児ですよ！　たかが子どものしたことですよ？」

それまで黙って聞いていた鳥飼だがここで顔色を変え、錦戸を大魔神のような形相で睨《にら》み付けた。

「いいえ、錦戸政江さん。それは違います」

鳥飼美智子の目はすでにキョドっておらず、むしろ据わっている。声もさっきの蚊《か》の泣くような声とはうって変わってドスが利いている。

「黙って聞いてると、こっちがひどい店みたいになってますけどね、そもそも店の商品を勝手にポケットに入れてお金も払わずに持って帰ろうというのが間違ってるでしょ！　親として錦戸さん、あなたがどんな教育をしてるのかって事ですよ！」

「あーもううるさいうるさいっ！　教育のことなら学校に言って頂戴！　子供に教育するのは学校の役目です！」

「何を言うんですか！　泥棒してはダメとか人を殴ってはダメとかウソをついてはダメとか、そういう人間の基本は学校で教わるんじゃなくて、親が子供に教えることでしょうが！　何でもかんでも学校に押しつけて、だったら親は何を教えるんですか！」

鳥飼美智子はキレると豹変《ひょうへん》するというか、肝《きも》が据わるとやはりこれも怖い人物であると、鵠沼は気づいた。錦戸もさらにヒートアップした。

「何を言っているのよアンタ！　礼儀作法や順法精神とかって事は、学校が教えることですよ。ねえ、センセイ、そうでしょう？」

錦戸は鵠沼に助けを求めてきたが、鳥飼美智子はそれを怒りで吹き飛ばした。

「へ〜え？　じゃあお宅ではあのクソガキ……あらごめんなさいね。失礼、あのお子さまに、お箸《はし》の持ち方も、ご飯の食べ方も、ウンコしたお尻の拭《ふ》き方も、な〜んにも教えてないとおっしゃるんですか？　全部学校で教えて貰うまで？　へ〜え。ふ〜ん」

ついさっきまでおとなしかった鳥飼美智子は、完全に攻撃的人格に変貌《へんぼう》して過剰《かじょう》なほどな反撃に転じている。

「だいたいこういう無責任な親が増えるから世の中がおかしくなるんですよ。何でもかんでも他人のせいにして。自分の子供の万引きまでスーパーのせい？　悪いことだと教えない学校が悪い？　なにそれ？　大笑いの海水浴場だわ！　ええとただいまのジョークは大《おお》洗《あらい》の海水浴場と掛けています」

鵠沼はさすがに見かねて割って入った。

「ちょっと待ってください。まずは、お店で何があったのか、お二方の言い分をきちんと摺《す》り合わせてみましょう。とにかく落ち着いてください。いいですね？」

ここで割って入らねば、この罵倒合戦と化した泥沼の言い争いが果てしなく続いてしまう。

「判りました。それでは事件の経緯を説明致します」

先を制して鳥飼が手を上げた。打って変わって口調は冷静だ。この女は多重人格か？と鵠沼が思ってしまうほど振り幅が広い。

「私は、足立区花畑にあります『スーパー　グランドアダチ　花畑店』でお菓子売り場の商品管理と補充を担当しておりますパート従業員の鳥飼美智子です。先日の六月三十日の午後四時頃、三歳くらいのクソガキ、いえお子さんが、お菓子売り場から『メタチョコレート』を取って、黙ってポケットに入れたのを目撃しました。従業員として放置は出来ないので、その場でそのお子さんに『勝手に盗《と》ってはダメでしょ？』と優しく注意していたら、このヒト、錦戸政江さんがいきなり激昂《げっこう》して、お客に対してなんたる無礼を働くかと怒鳴り始めました。こちらが言うことにはまったく耳を傾けてもらえず、以後、ひたすら訴訟だ名誉毀損だ訴えてやる！　と喚《わめ》くばかりで……最後は警備を呼んでお引き取り願ったんです」

「私、『なんたる無礼』とか、そんなサムライみたいな言葉遣いはしませんよ。この女、好き勝手に盛って面白おかしく脚色してます！」

二人の言い分は真っ向から対立した。

「でもね、店内には防犯カメラがあるので、私が怒鳴ってるか、しゃがみ込んで優しく諭《さと》しているのかはハッキリ証明できますよ」

鳥飼の声は確信に満ち、優位を感じさせるものがある。

「そして、こちらにおられる錦戸さんはなんと、私との間に入って取りなそうとしてくれた同僚の谷塚さんを殴ったんです。その様子もカメラにきちんと記録されています。私、確認してきました」

「殴ってません。目の前を飛んだハエを追い払おうとした手が、たまたまその谷塚さんの顔に当たっただけのことです」

「でも錦戸さんは、私だけでなくお店と、それから谷塚さんのことも訴えるんでしょう？谷塚さんを殴ったのはあなたの方だというのに？　それは正義に反しませんか？」

「だ・か・ら、殴ってないと言ってるでしょ！　谷塚って人は物言いが失礼だったんです。出るところに出ましょうとか警察を呼んで話を聞いて貰いましょうとか。最初からこっちを泥棒扱いで……私たちはお客様なのに！　お店にとってはお客は神様も同然の」

あー、ちょっと、と鵠沼が割り込んだ。

「ひとつ、いいですか？　錦戸さんの言い分によれば、お子さんが万引きしたのは今回が初めてで、それも故意ではなく、今回たまたまお子さんがチョコをポケットに入れてしまっただけの偶発的な出来事なのに、鳥飼さんや谷塚さんがコトを大きくしてしまい、お店の対応も悪かったので心証を害して訴訟を起こしたい、と聞こえますが」

「それは、違います」

鳥飼美智子がビシッとした口調で言った。

「そんなふうに聞こえるかもしれませんが、そんなことはありません。錦戸さんのお子さんは、この店に来るたびにチョコレートやガムやグミなど、手頃《てごろ》な大きさのお菓子を狙ってはポケットに入れてレジを素通りしていたんですよ。これはベテランの手口です。万引きの常習犯です！」

「ウソおっしゃい！　ウチの忠則《ただのり》はそんなことは致しません！」

ええと、と鵠沼は及《およ》び腰《ごし》で鳥飼美智子に訊いた。

「谷塚さんの顔を錦戸さんが殴った映像は残ってるんですよね？」

「残っています。さっきもそう言いました。ここに来る前に確認してきましたから」

「では、錦戸さんのお子さんがたびたび万引きをしていたという証拠画像は？」

「それは……日にちを特定出来なかったし、何度もあったことなので、保存してある防犯カメラの映像は探し出せていません」

「ほうら。探し出せないはずよ。探し出せるはずがないのよ」

錦戸がほくそ笑んだ。

「だって、ウチの子は万引きなんかしてないんだから！」

「でも、谷塚さんを殴った映像は残っていると」

鵠沼はここで二人の言い分をまとめた。

「今回の争点の一つである谷塚さんの、錦戸さんに対する殴打《おうだ》は、錦戸さんの正当防衛だったのか過剰防衛だったのか、またそこに至る展開が錦戸さんの行為の正当性を担保するものであるか。これは防犯カメラの映像を見れば、すぐ判ることですよね？」

鳥飼は大きく頷き、錦戸は怒り狂って反論した。

「冗談じゃない！　スーパーが映像を改竄《かいざん》したかもしれないじゃないの！　いや、きっとそうだわ。改竄したのよ！　したに決まっている」

「改竄されたかどうかは専門家が検証すれば判ります。専門家の鑑定を求めます」

鵠沼が言おうと思っていたことを、鳥飼美智子が先に言った。その口調はまるで弁護士のそれだ。

「それに、問題はそれだけではないんです。何も悪くない、トラブルに巻き込まれただけの谷塚さんを、店はクビにしてしまいました。これは不当解雇です。私は当初、錦戸さんが起こすであろう刑事と民事の訴訟で、お店の弁護を引き受けようと思いました。でも店側が谷塚さんを解雇したので考えが変わりました。谷塚さんの不当解雇も含めて、谷塚さんの側に立ちます。谷塚さん個人を弁護します」

鳥飼美智子はそう言って、マナジリを決して錦戸さんの前に立ちはだかった。

「こう見えても、私、弁護士なんです！」

「げ」

居丈高《いたけだか》だった錦戸から、みるみる力が抜けていくのが判った。空気人形から空気が抜けていく感じだ。

「ちょっとアンタ！　鳥飼！　どうしてそれを先に言わないのよ？」

「訊かれてないし」

鳥飼は嘯《うそぶ》いた。

「それに、スーパーでパートしてるのに、私は弁護士ですと言っても、錦戸さん、どうせ鼻先で嗤《わら》うだけだったでしょう？」

「鳥飼さん、今の話は本当ですか？　弁護士の資格もないのに弁護士を名乗ると身分詐称《さしょう》になりますよ」

問い詰める鵠沼に、鳥飼は黙って自分のバッグから、一枚のカードを取り出した。運転免許証と同じサイズのそれは、日弁連が発行する、弁護士の写真付き身分証明書だった。

「ひまわりの中に秤《はかり》」のマークと、氏名、登録番号、住所等が記載されている。

「私、第二東京弁護士会に登録しております」

それを見た鵠沼は納得して頷いた。

「なるほど。たしかに、こちらの鳥飼美智子さんは、正真正銘の弁護士です」

「なーんでそんな、弁護士のセンセイが、足立区の隅《すみ》っこの安売りスーパーでパートなんかやってるのさ！　紛《まぎ》らわしいでしょ！　ハタ迷惑な！」

錦戸はぎゃんぎゃんと喚きはじめた。

「ではなんですか、錦戸さん？　こちらの鳥飼さんが弁護士だったら、子供に注意されたことに激昂しなかったし、間に入った谷塚さんを殴らなかったし、お店を含めて訴えたりしなかったんですか？」

「さ、さあね」

錦戸さんは、もはや明らかに動揺を隠せず、視線が定まらない。いわゆる「キョドった」状態になっている。

「で……鳥飼さんは、ご自分が訴えられそうだから反論しに来たと言うことでいいんですか？」

「いいえ。ただ反論するだけでは、錦戸さんは訴えを止めたり取り下げることはないと思うので……反訴します。つまり、錦戸さんが訴えるのなら、私は自分自身と谷塚さんに対する名誉毀損と、谷塚さんがお店を解雇されたことに対する損害賠償を請求する訴訟を起こします。そのためにここに来ました」

「なるほど」

鵠沼は頷いて見せた。しかし、どう対応すべきかまだ答えは見つかっていない。錦戸の訴えを受けて、訴訟の代理人となるのか……それとも。

「第三者として、いいですか？」

彼は喋《しゃべ》りながら考える事にした。あやふやなことも、言葉にすればハッキリ像を結ぶことは多い。

「こういう訴訟と反訟の訴訟合戦を、泥沼の争いと言います。錦戸さん、映像が残っている限り、事実は確定できます。実際に防犯カメラの映像を確認しなければいけませんが、仮に鳥飼さんの言うことが正しければ、錦戸さん、あなたは虚偽《きょぎ》告訴等罪に問われることになりますよ。昔の言葉で言えば誣告《ぶこく》罪」

「なんですか、そのキョギコクソ罪とかブコク罪って」

錦戸は一気に形勢不利になってきたのを肌で感じているのか、落ち着かない様子を見せている。

「虚偽告訴等罪は、他人に刑事処分や懲戒処分を受けさせる目的で、偽《いつわ》りの告訴・告発などを行う罪のことです。刑法第百七十二条。これが確定すると三ヵ月以上十年以下の懲役《ちょうえき》ですからね、決して軽い罪ではありませんよ」

錦戸の顔色は悪くなり、どす黒く重病人のようになってきた。

「いかがでしょう、錦戸さん？　私としては……あなたが訴えを起こさないコトを勧《すす》めます。取り下げに納得がいかなければ、せめて和解と言うのはどうですか？」

三人はお互いを見て、腹の内を探り合うカタチになった。

「これ本当に、不毛な争いにしかなりませんからね」

「私としては」

鳥飼が言った。

「谷塚さんを守りたいだけです。谷塚さんは私のせいでこういう事になり、お店もクビになってしまったのですから……つまり私が迷惑をかける形になってしまったので、その償《つぐな》いをしたいと」

なるほど、と鵠沼は納得した。

「それはそれで判りますけど、訴訟と反訴は、さっきも言ったように、泥沼の、不毛な争いになりがちです。そもそもの対立点を冷静に考えた場合、そういう無駄な」

「無駄じゃありませんことよ！　だってこのままじゃ気持ちが収まらないじゃないですか」

と錦戸が鵠沼を遮った。

「でも、裁判となると、時間とお金を膨大《ぼうだい》に費消することになりますよ。どうかそのへんを、よく考えてみてください」

鵠沼は錦戸と鳥飼の二人を交互に見ながら続けた。

「どうでしょう？　お互い、相手の感情を刺激したことは謝る形で矛《ほこ》を収めて、和解というセンで手を打ってみては？　こう言うといかにも便宜的《べんぎ》で、形だけの解決に聞こえるかもしれませんが、現実的ではあります。どうですか？」

和解にしても、それなりの金額は仲介料として入ってくる。鵠沼はその辺の計算は抜かりがない。「いい人」にも思われるし。

「今後のことは」

錦戸の声が妙に大きくなった。

「熟慮して、どうするか考えます。では」

錦戸はそう言い棄《す》てると、逃げるように帰っていった。


「たぶんですけど」

鳥飼美智子はその後ろ姿を見ながら言った。

「こっちが、御免《ごめん》なさいねと言ってあげたら、あのヒト、訴訟は取り下げると思います。出来れば箱入りメロンでもあげて」

「要するに、面子《めんつ》が立てばいいと」

「そういうことです」

彼女は鵠沼にそう告げると、力が抜けたように座り込んだ。スイッチが切れたのだ。

「しかし、まさか本物の弁護士の先生が、身分を隠してここに相談に来るとは思ってもいませんでした」

「私、鵠沼先生の武勇伝、知ってるんです」

鳥飼は、鵠沼が手掛けて大手弁護士事務所を辞める原因になった例の「パワハラ事件」の経緯と、勝訴後、鵠沼が法律事務所のボスと親しい依頼人を罵倒して「筋を通した」ことを知っていた。

「法曹の世界では大変な噂になっています。それで、私は鵠沼先生のことを尊敬していたんです。いろいろ業界で評判が悪いことも知ってますけど、筋を通す人って、今、ほとんどいないじゃないですか」

「そう言ってくれるのは嬉《うれ》しいけど……ボクの評判が悪いって、それ、どんなふうに？」

「え？　それ、聞きたいですか？」

鳥飼美智子は曖昧な笑みを浮かべた。

「世の中、知らないほうが幸せな事っていろいろありますよ？」

「またそんな、苦労人みたいなこと言って」

鵠沼は笑い話にして誤魔化そうとしたが、鳥飼は真剣だった。

「私、実際に苦労人なので。鵠沼先生は私みたいな、司法試験に合格したのにどこの弁護士事務所にも雇ってもらえず、かと言って検事や裁判官に任官も出来ずに、スーパーでパートするしかない人間の絶望と貧困、そして苦悩と格闘する日々なんて、知らないし判りもしないでしょ」

こんな立派な事務所を持って……と彼女は批難するような目で鵠沼を見た。

「鳥飼さん……ボクはあなたのさっきの反撃を聞いていて感心しましたよ。きっちり反論されていたし、あれなら公判だってきちんと維持できる。とにかく、あの反対尋問《じんもん》、いや反撃は見事でしたよ。そんな有能なアナタなのに、どうして弁護士事務所が雇ってくれないんです？」

「私、自分で言うのもアレなんですけど、コミュ障ってヤツなんです。他人と上手《うま》くいかない……それが判っているので、ひたすらおとなしくしていよう、問題を起こさないようにしようと、ずっと自分を抑えているのですけど、私、なんか正義感が強すぎるのかもしれないのですが、相手がおかしな事を言い始めたり、ズルいことをしていたりすると、その瞬間に許せなくなってしまうんです。普通の人なら見て見ぬフリをしたり、腹が立っても我慢したり、他所で文句を言ったり陰口《かげぐち》を叩いたりしてガス抜きしますよね？　だけど私はその場で、その瞬間に不正義を正したくなってしまうんです。でもこの世界では、それは普通じゃないと、法曹には向いていない人間と言われてしまって……」

「コミュ障。ですか」

鵠沼は考え込んでしまった。

彼女、鳥飼は、相手が誰でも間違っていると思ったら、とことん論破したくなるスイッチが入ってしまうらしい。そして彼女の場合、そのスイッチが「正義」なのだ。

いろんな「正義」があって、どれが本当の正義なのか決められない、という考え方もあるが、哲学や宗教、異文化を論じるのではなく、普通の生活において、「正義」はそんなに多くはない。異なった利害はあっても、正義は一つ。

空気も読まず、忖度《そんたく》もせず、自ら信じる正義を追求する。

それは、法曹人としてはこれ以上望めない資質かもしれない。

自分もストッパーが外れると、とことん攻撃してしまうタイプだが、それが必ずしもすべて間違いとは思えない。その意味でも、彼女は得がたい人材かもしれない……。

鵠沼はそんなことを考えつつ、自分の仕事机を見ている鳥飼の様子を眺《なが》めた。

土井満男の件が首尾良く成功してから、「悪い奴の味方」という評判が立って依頼人が行列を作るようになっていた。来た仕事はほとんど断らないので、受任はするものの、話を聞くのが精一杯で、なかなか前に進めない。

その結果、デスクには関係書類が山積みになっている。

「あの……鵠沼先生、ずいぶんお仕事が滞《とどこお》っているようですけど」

「いや、おかげさまで忙しくてね……なんせ一人でやっているものだから……電話番は応答サービスに頼んでなんとか捌いてるけど……仕事は受けても処理が滞ってしまって」

鳥飼の視線が気になって、ついつい言い訳口調になってしまう鵠沼。

「結構なことじゃないですか、先生」

鳥飼はニコリともせずに褒《ほ》めた。

「助手はいらっしゃらない？」

「つい最近までいてくれた人が一身上の都合で辞めてしまって……でも、なかなか相応《ふさわ》しい人なんか見つからないでしょう？　誰でもいい訳じゃないし」

今更、求人広告を出すカネが惜しいとは言えない。鵠沼の無駄なプライドが邪魔してしまう。

「では、こういうのはどうでしょう？」

鳥飼が真顔で言った。

「私を雇うというのは？　さっきも言いましたように、私、弁護士の資格がありますし、スーパーもやめて今、身体《からだ》が空《あ》いてますし、先生の良き理解者だと自負していますし」

「それはありがたいんだけど……」

鵠沼にとっては渡りに船のいい申し出と言えるのだが……どうしてもさっきの「鳥飼対錦戸」の凄まじい舌戦が気になった。

「アナタは怒ると、いつもさっきのようにいきなりキレて、相手が降参するまで言い負かすのですか？」

「いつもではありませんが……本当に腹が立つと、さっきみたいになる場合もある事は否定しません」

「判りますよ、そういう性格。生きて行く上で有利だとは、あえて言いませんけどね」

鵠沼は彼女に一定の理解を示した。

彼女は、鵠沼のデスクに歩み寄ると、積み上がった書類の山をぱらぱらと捲《めく》り始めた。

「お忙しいんですよね？　どうですか、ホント、私を雇うというのは？　これも縁というものではないかと私は思っていて」

「ちょっと失礼」

鵠沼はキッチンに入って水を飲んで考えた。

求人広告を打たず、知り合いに頭を下げて紹介してもらうこともなく、あたかも飛んで火に入る夏の虫的に、求職者が向こうから飛び込んできたのだ。しかも、無能ではなさそうだ。これなら完全に手間が省《はぶ》けるではないか……。

仕事部屋に戻った彼は、鳥飼美智子に言った。

「そういうことなら……せっかくだから、お願いしようかな」

「やった！」

鳥飼は歓喜した。

「不安定なパート生活を終わらせて、せっかくもぎ取った弁護士の資格を使える日がやって来た！　ついに、弁護士として働ける！」

「……だけどしばらくは試用期間とするよ」

彼女にぬか喜びさせるわけにはいかない。弁護士の資格があるとはいえ、実際に仕事で使えるのか。それを実戦でしばらく観察しよう。仕事が回るようになれば、いずれ求人広告を出す余裕も出来るだろうし、そうなったら鳥飼美智子より数段有能な弁護士先生が応募してくるか、スカウトだってできるかもしれない。

人を雇う場合はクールに考えなければ。情に流されるのは禁物だ。

一方、鳥飼美智子は早くも実戦モードになっている。

「それじゃ鵠沼先生、早速始めましょう！　この書類の山、すべて受任した案件ばかりですか？」

「そうとも言えません。ペンディングにしたものもたくさんあるし、受任はしたけれど、やりたくない案件もたくさんあるし……」

「では、一つ一つ見ていきましょう」

「……はい」

鵠沼は、早くも鳥飼のペースに乗せられていた。

第二話

真実のリベンジの巻

「しばらくは試用期間」という条件で、鳥飼美智子《とりかいみちこ》を助手に雇《やと》った鵠沼《くげぬま》だったが……のっけから主導権を彼女に握られてしまった。

山積みになった受任案件の書類を見て、「早速始めましょう！」とネジを巻いたのは彼女だし、やりたくない案件を後回しにしたいあまりに全体の処理を先延ばしにしている鵠沼の尻《しり》を叩《たた》いたのも彼女だ。

鵠沼は、雇ったその日に早くも鳥飼のペースに乗せられた。

一人にして欲しいという彼女の要望を受けて、使っていなかった部屋を専用個室として宛《あ》てがった。畳《たたみ》の部屋に和机という明治の文豪の書斎のような設《しつら》えだが、鳥飼美智子は文句は言わず、個室を用意してくれた礼を述《の》べた。

「ハッキリ言って私、鵠沼先生のことは、性格の悪さは天才にはありがちなことだと割り切ることにしました。誰《だれ》しも多少の問題はあると思いますし、何より大切な『まっとうさ』が先生にはあると信じるからです」

鳥飼美智子は鵠沼が思わず拍手《はくしゅ》したくなるような事を言ってくれた。今の彼にはこういう全面的肯定《こうてい》（多少の批判が含まれていても）がなにより必要だった。

グズグズするのが嫌いらしい彼女は、翌朝から必要事項の確認、電話連絡、関係書類の取得などなどテキパキと事務処理を進めて、その日の夕方には大半の案件を処理してしまった。自宅で作ってきたお弁当にお茶を持参して、トイレに立つ以外は部屋に籠《こも》りきっているかと思ったら「外出してきます」と外に出て、夕方に戻ってきた。

「先生が勢いで引き受けまくった、言うところの『クソみたいな依頼』の大半は処理しました」

彼女は自分が処理した案件を列挙した。

「居酒屋での飲み逃げ食い逃げ、駅の券売機前での寸借詐欺《すんしゃくさぎ》、タクシー料金踏《ふ》み倒し、入社面接での履歴書偽装《りれきしょぎそう》……」

「それすべて、やった側がなんとかしてくれって？」

「はい。食い逃げなどについては、なんとかしました。警察沙汰《ざた》にしないで欲しいということだったので、被害者側に謝罪させて被害を弁済。経歴詐称《さしょう》については、当人の不幸な生い立ちを縷々《るる》説明して社長を感動させて経歴詐称は不問に付した上、入社に至りました」

「それは凄《すご》い！　正攻法だが、凄い」

鵠沼は素直に称賛した。

持ち前の正義感で衝突することが多くて恵まれない人生を歩んできたであろう鳥飼だが、実に有能で大いなる戦力になる。鵠沼は、天の配剤というかひょんな巡り合わせに感謝した。

「鳥飼さん、あなたは凄い！」

「ありがとうございます」

と鳥飼は特に喜ぶでもなく、聞き返した。

「私がこれらの処理をしている間、先生は何をしてましたか？」

新規の受任はしばらく控《ひか》えましょうと言われて、鵠沼は……結局何もせずにパソコンでネットを見たり、SNSにテキトーな書き込みをしたりして一日を過ごしてしまった。

「いやボクは……ええと、次の戦略を練っていたんですよ！」

口から出任せの、その場で思いついたウソだとは思わない鳥飼は、「次の戦略ってどういうものですか？」とさらに聞き返してくる。

「それはまだ秘密」

と鵠沼はもったいぶって見せた。実は何も考えていない。

「ねえ先生、一つ、いいですか？」

鳥飼は人差し指を立てて鵠沼に迫った。

「『悪いヤツの面倒みます！』の案件がまだ山ほど残っていますよね？　全然カタがついていないのに、なぜここで手を広げようとするんですか！　仕事が焦《こ》げついて消化不良を起こしますよ！」

「いやいや、有能な君がいるんだから大丈夫でしょ？　だって、大半の案件は処理しちゃったんでしょ？」

「そんなことはありません！　先生のご判断を仰《あお》いで、先生にお出まし願わなければいけない案件が幾つも残っていますから」

そう言って鳥飼は怒ったが、鵠沼も引っ込みがつかない。

「鳥飼さんは堅実派なんだと思うけど、上昇気流に乗っているときは、攻めの姿勢でガンガンやるべしと、経営の神様も言っているんだよ」

「誰ですか、その経営の神様って」

「松下幸之助《まつしたこうのすけ》とか本田宗一郎《ほんだそういちろう》とか豊田佐吉《とよださきち》とか盛田昭夫《もりたあきお》とかスティーブ・ジョブズとか」

と、またもデマカセを言っている間に、鵠沼の頭に名案が浮かんだ。

「そうだ！　次の手は、『人生やり直し！　過去をリセット、新たなスタートをあなたに！』でいこう！」

「前回の広告第一弾は『悪いことをしても大丈夫！　ウチが弁護します！　どんとこい二度目の人生！』でしたよね。どう違うんですか？」

「ええと……言うならば……」

鵠沼はその場で考えた。彼はけっこう土壇場《どたんば》に強いのでは、と自分を過大評価している。

「例えば、刑務所に入って罪を償《つぐな》って出所しても、世間の目は厳しい。なかなか就職できないしアパートも借りられない。それは長年引き籠っていた人も同じだ。中年なのに職歴がゼロだと、これもまた職探しに不利になる。不祥事《ふしょうじ》を起こして会社を追われた人も同様。懲戒解雇《ちょうかいかいこ》などをされてしまうと再就職は不利だ。ね？」

不意に同意を求められた鳥飼は「は？」と聞き返した。

「職安みたいなことをするって事ですか？」

「違うよ。不利な経歴があって人生に支障が出てる人たちを助けてあげるんだよ。これは人助けだよ。実にヒューマンな、貴重な仕事だ。そう思わないかい？」

「それはその通りですが……言うは易《やす》し行うは難《かた》しの典型ですよね。まあ、志《こころざし》を高く持つのはいいと思いますが……」

鳥飼は疑ぐり深そうな表情になった。

「依頼人の弱みに付け込もうとしてません？」

「そんなことはないし、まあ……時と場合に応じて上手《じょうず》にやるよ」

「では、まず先に、これを上手《うま》くやって貰《もら》えませんか？」

鳥飼は二つのファイルを鵠沼に渡した。

「梶本《かじもと》議員の選挙違反をなんとかしてくれという件と、車から振り落として事故に遭《あ》わせてしまった件です。どちらも悪質で、私の判断ではとても処理出来ませんでした」

「なるほどね」

「上司」らしくファイルをパラパラと見て頷《うなず》く鵠沼に、鳥飼はなおも迫った。

「具体的なご指示をお願いします。どちらも着手金を貰ってますから、放置するのはダメです！」

「判《わか》ってますよ」

ファイルを見ながらしばらく考えた鵠沼は、結論を出した。

「選挙違反の方は鳥飼さんにいろいろ調べて貰う必要があります。先に轢《ひ》き逃げの件を片付けてしまいましょう」

それを聞いた鳥飼は凛《りん》とした顔で頷くと「正直言って、私の個人的感情として、この件については依頼人を許せませんけど」と言った。

「男の身勝手な別れ話に怒った女性が逃げようとする男の車に縋《すが》り付き、男が女性を振り落とそうとして蛇行《だこう》運転や急加速、急制動を繰り返して振り落としたところ、気の毒にも女性は対向車に轢かれてしまった……これ、どうやっても依頼人が有罪でしょう？　現に依頼人は道路交通法違反で逮捕《たいほ》されています。どうしようもないんじゃないですか、この件は？」

「だから、争点は慰謝料《いしゃりょう》でしょう？　なんとか民事で示談を成立させて、罪状も道交法違反にとどめて殺人未遂《みすい》を適用させないようにと。その上で、その道交法違反を相手の女性のストーカー行為《こうい》とプラマイでチャラにしたいと」

「ちょっとそれは依頼人の……加藤《かとう》って男性、虫が良すぎませんか？」

だって振り落とされた女性は対向車に轢かれて全治二ヵ月の重傷、入院中なんですよ、と鳥飼は息巻いた。

「この女性にストーカーまがいのことをされたというのも、依頼人・加藤の勝手な思い込みか、デッチアゲかもしれないじゃないですか！」

確かに依頼人・加藤政信《まさのぶ》は絵に描いたようなチャラ男だったし、その言い分も自己中にしか聞こえない。しかし鵠沼は、依頼人の意向に従って示談交渉しなければならない。そういう契約を結んだのだ。

「まあここは、粛々《しゆくしゆく》と示談交渉を進めるしかないですね。依頼人の意向に沿った弁護活動をするのが弁護士の役割ですから」

そう言った鵠沼は鳥飼を見た。

「とりあえず鳥飼さん、相手の女性に会ってきて貰えますか？　女性同士の方が話しやすいということもあるでしょう。まずはとにかく、女性の言い分を聞いてきてください」

「判りました。で、先生は？」

鳥飼はやたらと鵠沼の予定を知りたがる。どうも人をコキ使って自分はラクをしているんじゃないかという、強い疑惑が拭《ぬぐ》いきれないようだ。それは半ば当《なか》たっているのだが。

「ボクはボクで、やることがあります。さ、明日にでも行ってらっしゃい！」

相手の女性は、埼玉県越谷《こしがや》市の大学病院に入院している。

この件について、鵠沼は鳥飼に丸投げした。

「君がこの件を独力でなんとか出来るかどうかで、試用を終えて正式採用するかどうかの試験に替えることにします」

判りました、と鳥飼は引き締《し》まった表情になり頷いた。

「依頼人の言い分があくまでも自身に都合の良いものに過ぎず、事実と異なっていた場合、それなりの作戦を立てないといけないから、そのへんのところ、ヨロシクね！」

鳥飼が持ち前の集中力で取り組んでいる間、彼が考えて手配したのは、広告の第二弾だった。

＊

「私が？　あの男をストーカーしてたと言うんですか！」

鵠沼の命に従った鳥飼が入院中の被害女性と折衝《せっしょう》すると、彼女はキレた。

「お怒りは当然です。こんな大怪我《おおけが》をなさったんですし。ただ、加害者の加藤政信は、あなたに付き纏《まと》われて恐怖を感じたと主張してまして」

「あの男が逃げ回るからです！　こっちは話があるのに逃げるから追いかけたんです！　全部、向こうが悪いんですよ！」

おっしゃるとおりです、と鳥飼は大きく頷いたが、女性は納得しない。

「だけど弁護士さんは、加藤の側なんですよね。加藤の弁護士なんでしょう？　だったら加藤に有利になるように、私を丸め込みに来たんですよね？」

被害者の石室加奈子《いしむろかなこ》は全身に包帯を巻き、顔にも大きなガーゼが当てられている悲惨《ひさん》な状態だ。幾つもの点滴が繋《つな》がれ、バイタルを測るコード類も測定機器にたくさん繋がれている。彼女が怒って大声を出すと、測定機器が警報を鳴らした。

「落ち着いてくださいい石室さん。ウチの弁護士事務所の鵠沼は、たしかに加害者の加藤と契約しましたが、こういう交渉ごとはどちらか一方が有利な形でまとまることはありません。お互いの納得のいく線を探るのが、代理人である弁護士の仕事です。ですから、どうかご安心ください。そして必要以上に私を警戒《けいかい》しないでください」

「……いいでしょう」

石室加奈子は頷いた。

「ありがとうございます。それで、ですね。お互いの言い分がぶつかってまとまらなければ、裁判ということになります。石室さん、あなたが民事裁判を起こすことになります。けれど、こういう件では裁判所も和解を進めてきますし、何より裁判になると心理的にも体力的にも、なにより金銭的に大きな負担になります。石室さんも弁護士を立てるとなると、その費用だけでも……」

「多少悪い条件でも和解しろと言いたいんですよね？」

「いえいえ、そんなことは……石室さんにもご納得戴《いただ》ける条件を探りたいと思います。もしかして私のことを、依頼人の言いなりにアコギな言い分を飲ませようとする、ヤクザみたいな悪徳弁護士だと思ってらっしゃいますか？　それは違いますので。あくまで両方の納得が得られるよう、努力したいと思います」

鳥飼は極めて低姿勢に言った。それは交渉術ではなく、彼女の本心だ。

「私自身、依頼人である、あの加藤という男の言い分には心底、腹を立てていますから」

「だけど弁護士さんって、そうは言うけど、それはあくまで上辺《うわべ》だけで、内心で舌を出してたりするんじゃないですか？」

石室加奈子の弁護士不信はけっこう根が深そうだ。

「あの……どうしてそこまで弁護士を警戒されるんですか？」

「だって、ひどいドラマがあるじゃないですか。アコギな、まるでヤクザみたいな弁護士が、悪党とツルんで貧乏人《びんぼうにん》を身ぐるみ剝《は》ぐみたいな」

「ですから私はそういうことは致しません！　どうか信じてください！」

鳥飼は、自分は正義が大好きなこと、そのせいでいろいろトラブルを起こして、これまで生き辛《づら》かったことを告白した。

「この件は、私に任されましたので、まず私が納得出来るように進めていこうと思いますから」

鳥飼はそう言って、石室加奈子に要求を聞いた。

「そうですか。私としては、私をこんな身体にした加藤政信を死刑にして欲しいです。慰謝料は一億円」

これは相当手強《てごわ》いぞ、と鳥飼は覚悟した。

＊

数日後。

「鵠沼先生ですか？　『人生やり直し！　過去をリセット、新たなスタートをあなたに！』

という広告を見て、来ました。ちょっと気になることがありまして……」

単刀直入に話し始めたニット帽の男は、整った顔立ちに清潔感を漂《ただよ》わせた、まさにイケメンと言える外見だ。二十代か三十代か。パーカーにジーンズというラフなスタイルなりに洗練された着こなしをしている。

「新山智弘《にいやまともひろ》と言います。二十五歳です。会社員です」

鵠沼の前に座った男の整った、爽《さわ》やかな顔立ちには明らかに見覚えがある。

「あの……新山さんって、あの新山さんでは？」

同席した鳥飼が前のめりになり、依頼人の顔をキラキラした目で見つめて、訊《き》いた。

「アスリートの新山選手ですよね？　陸上長距離でオリンピックにも出た」

「いやまあ、はい、その新山です。会社員と言ったのは、ウソではないです」

「あ！　やっぱり！」

鳥飼の声は、アイドルに会ったファンのように弾《はず》んでいる。女性というものは、こんなにもイケメンに弱いのか、と鵠沼は少し驚いた。

社会人スポーツ選手は、大きな企業に属してサポートを受けて競技を続ける人がほとんどだから、身分が会社員というのはウソではない。

「で、気になること、と言うのは？」

はいと頷いた新山は、言葉を選んで話し始めた。

「何というか……ＳＮＳに匿名《とくめい》の書き込みがありまして。それがとても気になる内容で。

『ひかる@まっとうに生きたい』というアカウントが書いている『今人気絶頂の若手イケメンアスリートに中学時代、私はひどいいじめを受けていた！』というものです」

そう言った新山は、ＳＮＳ投稿のプリントアウトをデスクに広げた。Ａ４判の用紙に小さな文字でプリントアウトされたものが十枚以上ある。

「ああ、それ、ネットで見たことあります」

鳥飼はプリントアウトを読むと、一枚一枚鵠沼に渡した。

ネットに書かれたいじめの内容とは、『ひかる@まっとうに生きたい』さんが中学時代の三年間、「くさい」と言われ続けてクラス全員から無視されたり、給食当番で『ひかる』さんが給仕した給食を全員が残したり、掃除当番で他の誰も協力せず一人で掃除したり、というところからだんだんエスカレートしていった、と。

家庭の事情で早く帰らなくてはならなかった投稿者は部活も出来ず、クラスで孤立したままの三年間だったと。思春期の大切な時期に辛かった、と。

しかも、この状況を担任の教師も判っていたはずなのに、まったく何にもしてくれなかった、と書いてある。

「それは『たぶん、このいじめのリーダーが人気者の「彼」だったからだ。彼は学校で目立っていて、すでに運動選手として県大会にも出ていた。それに親が地域の有名人だったから、オトナの事情で教師は黙ってしまったのだろう。そして、いじめはエスカレートして、服を脱がされたりとか、性的にもっとひどくて恥ずかしいこともされたけど、思い出すのもイヤで書くのも辛いから、ここには書かないでおく』……こんなことが書いてありますね」

鳥飼はプリントアウトと新山を交互に見た。

「ということは、いじめのリーダーが新山さん、あなただったんですか？」

「あ、いいえ、違います。僕はいじめなんかやってません。それに、自分を『人気絶頂の若手イケメンアスリート』だとも思っていません。ただ、書かれている内容から、いじめたのが僕だと誤解されてしまいそうなのが嫌で……実際、いろいろボカしたりハッキリ書いてなかったりしてるので、それを読む側は憶測《おくそく》で埋めるでしょうから……SNSでは今、犯人捜しの嵐《あらし》です。学校の所在地とか何年のことだとかハッキリ書いてあるわけでもないのに、憶測で犯人だと決めつけられた人たちが既《すで》に何人かいます。完全に無実の罪だというのに、怒り狂ったネット民に攻撃されて、アカウントを消して居なくなった人もいます。いや、そんなのはまだ軽い方で、実名を晒《さら》されて会社に電凸《でんとつ》されて辞めるしかなくなった人まで……つまりとても気の毒なことになってまして、これは完全な風評被害です。そうでしょう？」

「そう思います。そんなことで勘違いされるのはとても困りますよね」

鳥飼は同情を込めて大きく頷き、鵠沼とともに新山の次の言葉を待った。新山が気の毒だと思う個人的な感情とは別に、弁護士としては、この依頼人の言うことは要領を得ない、と感じるところもある。鵠沼も、かなりな違和感を覚えていた。

他人のために立ち上がった、という動機は、見るからにさわやかな新山の好青年っぷり、正義漢っぷりにふさわしく一見もっともらしいが、新山自身がネットで名指しされたわけではないのだ。また過去にいじめをした覚えもないという事情では、手続き的に無理が出る。だが、新山は切々と「被害」を訴えている。

「そうなんですよ。困っているんです。それに僕自身、最近大きな仕事が決まったばかりなんです。そこにこんな、こんな根も葉もないことが噂《うわさ》になったら、せっかくのそのチャンスが潰《つぶ》されてしまうんですよ！　ただの風評のせいで！　この『ひかる@まっとうに生きたい』ってひとの書き込みが果たして本当の事かどうかも判らないのに！」

「そうならないように、事実関係をハッキリさせておきたい、と言うことでしょうか？新山さんご自身に害が及ぶ前に先手を打っておきたい、と」

鵠沼がわざとゆっくりした口調で言うと、新山もいくぶん落ち着きを取り戻した。

「……まあ、そういうことです」

「新山さんには心当たりはあるんですか？」

鳥飼がそう訊くと、新山は目を見開いて「は？」と聞き返した。

「念のためお訊きするのですけど、これはあなたのことではないのですよね？」

「いじめの、ですか？　まさか！　絶対にありませんよ！　さっき大きな仕事が決まったって言いましたけど、僕はこのたび『いじめ撲滅《ぼくめつ》キャンペーン』のアンバサダーに選ばれたんですよ！　それも国から。文科省から。僕は清廉潔白《せいれんけっぱく》です！」

「よく判りました。そうでしょうとも。新山さんほどの世界的アスリートが、そんなことに関《かか》わるわけないですもんね！　それはよ〜く判っていますから」

鳥飼は熱心に強弁して、依頼人に落ち着くように言った。新山が言う。

「鵠沼先生は今、害が及ぶ前に先手とおっしゃいましたけど、実はもう遅いかもしれないんです。いじめたのは僕ではないかという、悪質な書き込みまで出始めているんです。何にも知らないくせに当てずっぽうで、匿名なのをいいことに、ホント、テキトーな事ばかり書き込まれてしまって……僕にはまったく覚えがないんです。事実無根の噂に巻き込まれただけなんです。まったくの濡《ぬ》れ衣《ぎぬ》なんです！」

新山は懸命《けんめい》に、必死に、自分の無実を語った。しかし……その過剰な熱心さが鵠沼にはますます不審に感じられた。自己弁護の度合いが強すぎないだろうか？

一方、鳥飼は心から新山に同情している様子だ。

「ほんとうにお気の毒です。新山さんのようないい人に、そんな疑いがかけられるなんて！　世の中、絶対に間違っています！」

「そうなんですよ。僕も困ってしまって。この件、僕の知り合いの弁護士に相談しに行ったら、弁護を引き受けて貰えなくて……今、世の中はいじめ問題に敏感だから、こういう件は微妙すぎる、わざわざ自分から関わることはない、と言うんです」

「困りましたねえ。ネットであれこれ適当なことを書かれるのは本当にひどいし、あってはならないことだと思いますが、法的に対処するとなると、そう簡単ではありませんよね」

鳥飼が取りなすように言うと、新山は「でもそれでは困るんですよ！」と苛立《いらだ》ちを露《あら》わにした。鵠沼が尋《たず》ねる。

「で、新山さんは、どうしたいのですか？　有象無象《うぞうむぞう》のネット民に書き込みをやめさせるのは不可能ですよ。あなたがＳＮＳを買収してオーナーにでもなれば別ですが」

「僕にイーロン・マスクみたいなカネはないです……なので、大元の発信者である『ひかる@まっとうに生きたい』って人の個人情報の開示請求をして貰いたいんです。それ、弁護士さんなら出来るんですよね？」

「出来ますよ。発信者の情報開示請求は、最近法改正されて、以前より非常に早く、なんと、最短一ヵ月でできるようになっています」

「では、それをお願いします。『ひかる@まっとうに生きたい』の個人情報を開示させてほしいんです。この人物の身元を突き止めてください」

新山はキッパリと言った。

「それで……どうします？　身元が明らかになった、その後は？」

「それは……」

新山は思わず身を乗り出したが、何か思い直して座り直した。

「それは……すべては『ひかる@まっとうに生きたい』の正体が誰か判ってからです。とりあえず住所を、一刻も早く突き止めていただかないと」

新山のその言い分に、鵠沼はまたも引っかかりを感じた。自分はいじめていないと言う癖《くせ》に、どうして発信者の住所をまず知りたいと言うのだ？

「住所をあなたが知って、あなたが直接連絡を取るつもりですか？　あなたが被害者でもないのに、あなたが発信者に抗議するというのは、いささか筋《すじ》が違うように思えます。まずは、順序として、我々弁護士が相手方に連絡を取って、弁護士の名前で発信を止めさせるための正式な書面を作成すべきでは？」

「ですから、そういうことは後から考えます。相手が誰なのか、判ってから考えると言うことです」

新山はそう言って弁護士二人を見た。

「発信者にも事情があるかもしれないでしょう？」

そう言って、新山は微笑《ほほえ》んで見せた。自分の寛容さと優しさをアピールしたい、という感じの笑顔だ。

「しかし、新山さんは今のところ、被害者ではないですよね。そんな新山さんは発信者に対する情報開示請求は出来ませんよ」

「どうしてですか？　今は直接の被害者ではないけれど、このままだと近い将来、僕は被害者になってしまうかもしれない……いや、実際に被害者になる公算が高いんですよ。風評被害と言うこともあります。先手を打って被害を予防できないって、おかしいではありませんか！　僕には政府の仕事があるんです。それの邪魔をされては困るんです！」

強い調子で言われた鵠沼と鳥飼は顔を見合わせた。

「鵠沼先生、どうしましょう？　たしかに新山さんに対する被害は出始めているようですし、それにともなう風評の拡散も無視出来ないと思いますが」

鳥飼が鵠沼に言った。

「ここは発信者情報開示請求をしてもいいのでは？」

鵠沼が折れた。

「では……まずは発信者情報の開示請求をする、ということに致しましょう」

「鵠沼先生の評判はかねてより聞いております。本当に、何卒《なにとぞ》よろしくお願いします」

その業務の依頼契約を交《か》わした新山が帰ろうとして玄関で靴を履《は》いているところで、後ろから鳥飼が念押しをした。

「本当に、新山さんにはいじめの心当たりはないのですね？」

「もちろんです。まったくありません」

即座に断言した新山は、真っ白な歯を見せて微笑んだ。靴を履き終わると、丁寧《ていねい》に頭を下げて帰っていった。

新山は、いかにも爽やかな好青年で好感度は高い。アスリートとしての真《ま》っ直《す》ぐさを強く感じさせる。

「素敵だなあ……新山選手。実物も、すっごく感じの良い人ですよね？」

鳥飼は依頼人の後ろ姿を見ながらうっとりと呟《つぶや》いた。

「いや、人は見かけに寄らぬものですけどね。こういう仕事をしてれば判るでしょ？」

鵠沼はサラッと言った。

「先生、嫉妬《しっと》してません？」

「してません。ボクはああいう奥行きのない男は基本的に好きじゃないので、嫉妬とは違います。しかし鳥飼さんは彼の言うことを信用してるんですよね？」

鵠沼の口ぶりは不満そうだ。

「じゃあ、断ります？」

「そうもいかないでしょう。もう契約しちゃったんだし……開示請求だけでは全然金にならないけどな……」

鵠沼はなおもブツブツ言っている。

「さてと。ネット書き込みの、発信者情報開示を請求するにあたっては、いくつかの条件があるのは知ってますよね？」

鵠沼はデスクトップのパソコンにこの件を詳しくまとめたサイトを表示させた。

「発信者情報開示請求が出来るのは、以下の六つの条件に合致していなければならない。まず、特定電気通信による情報の流通があること。これは要するに、ネットに何かが書き込まれた、という意味ですね。

第二に、自己の権利を侵害されたとする者であること。つまり自分のことでなければ請求はできません。

第三に、権利が侵害されたことが明らかであること。これがなあ……まだ権利が侵害されているとは言い難いんだよなあ。それに、違法性阻却《そきやく》事由がないことも重要だし……早い話が名誉毀損《めいよきそん》を含んでいるかどうかも重要になる」

「それって……？」

「おやおや鳥飼くん。優秀な君でも判らないか？」

鵠沼はさも詳しそうなフリをした。

「第四には正当な理由が必要ということ。目的が慰謝料や損害賠償といった民事責任を問う裁判を起こすこと、もしくは刑事告訴であること等です。私的制裁を加える為《ため》、という理由は認められない。そもそも新山氏には裁判を起こす気があるんだろうか？」

「私には、やる気マンマンに見えましたが」

新山のファンになってしまったらしい鳥飼は、やはり彼の側に立って発言しているように思える。

「五番目として、開示請求の相手が『開示関係役務提供者』、つまりプロバイダーやSNSの運営会社に該当《がいとう》する必要があります。これはまあ問題ないですね。

そして最後、第六の条件は、開示請求の内容が『発信者情報』に該当すること。住所氏名電話番号メールアドレスなどなど。ま、これもいいでしょう」

鵠沼はうんうんと一人で頷いた。

「こういう、儲《もう》けが少ないことはさっさと終わらせてしまおう」

手続きを始めた鵠沼だが、背後からじっと見つめる鳥飼の視線を感じた。

「鵠沼先生、お手伝いすることはありますか？」

「ないです。鳥飼さんは自分の仕事をやってください」

発信者情報開示の手続きは、特に問題なく進んで、発信者の身元は一ヵ月もかからずに判明した。

「『ひかる@まっとうに生きたい』の正体は、村上和《むらかみかず》。むらかみかず……と読むのかな。男だろうな。住所は練馬《ねりま》区豊玉上《とよたまかみ》……」

「西武池袋線の江古田《えこだ》駅の方ですよね。ちょうどこの方面に別件で出かけようと思っていたので、私、会ってきますよ。善は急げです」

そう言った鳥飼は立ち上がった。

「待ってください。新山さんは、相手の住所が判ったら、まず自分に知らせてほしいと言っていたじゃありませんか」

鵠沼は止めたが、鳥飼は聞かない。

「そんなことを言っている間にも新山さんについての風評被害がエスカレートするかもしれません。私が行って会うだけでも歯止めになります。どうせこの件を担当するようになったら、相手である村上和さんの話も聞かなければなりませんよ。さあ、鵠沼先生も行きましょう！」

鳥飼は自分のバッグに必要書類を入れはじめた。

「待ちなさい。この件はボクがやるから……鳥飼さんは自分の仕事を」

しかし鳥飼は、すっかりアスリート・新山の好青年ぶりに惚《ほ》れ込んでしまっていた。

「鵠沼先生、こういうことは一刻も早いほうがいいです。今、この瞬間にも決定的な情報が書き込まれてしまっているかもしれません。そうなると依頼人の新山さんだけではなく、罪に問われる加害者のためにもなりません。さ、今から行きましょう！」

「君、何度も聞くけど、ほかの件はいいの？　これくらいならボクだけでやれるし」

「私もやります！　二倍働きます！　私、その村上和さんにアポ取りますから」

鳥飼はテキパキと電話で面談のアポを取り、二人は練馬区豊玉上の村上のところに出向いた。


「私が村上和です」

と、西武線江古田駅近くのカフェにやって来たのは、女性だった。地味で一度会っただけでは顔を覚えにくいタイプ。中肉中背で平凡な顔立ちで、着ている服も地味そのもの。

「あの……村上さんは男性だとばかり」

鳥飼はビックリした。

「よく言われます。声が低いので、電話ではよく間違えられますけど……私が女だからって、なにか問題あるでしょうか？」

彼女は緊張しているのか、青白い顔が強《こわ》ばっている。

「いえ、何もありません」

鵠沼はそう言って一礼した。

「我々は、ある人物からSNSへの書き込みの件で相談を受けておりまして……発信者『ひかる@まっとうに生きたい』というアカウントの個人情報開示を請求して、開示されました。『ひかる@まっとうに生きたい』とは、村上さん、あなたですよね？」

鵠沼は、新山の名前を隠した。電話でのアポ取りのときも、新山の名前は出していない。

「住所はこのお近くですよね？　お一人でお住まいですか？」

「いえ、母親とアパートに住んでいます。以前から病気がちで……私がバイトしてなんとか家計を支えています」

「それはずっと昔から？」

鵠沼の質問に、村上和はハイと答え、続けて生年月日や通っていた学校名など基本事項を答えて貰った。

「それで……聞き難いことを伺いますが……中学時代からいじめがあったと？　あなたはSNSにそう書きましたよね？」

その問いにも彼女は硬《かた》い表情でハイと答えたが、声に微《かす》かな震えが出てきた。

「母が病気がちなので、心配をかけたくないというのもあって、誰にも言えませんでした……言ったところで、いじめていたのは町の有力者の息子だったので……我慢するしかなかったんです。でも……」

彼女は、当時受けたいじめについて語った。そのほとんどはＳＮＳに書き込んだことと同じだったが、鳥飼が踏み込んで訊いた。

「書き込みには、『いじめはエスカレートして、服を脱《ぬ》がされたりとか、性的にもっとひどくて恥ずかしいこともされたけど、思い出すのもイヤで書くのも辛いからここには書かないでおく』とありましたが……それは、どういう事だったのでしょう？」

差し支《つか》えなければ話して貰えないかと訊くと、彼女はしばらく黙っていたが、やがて、重い口を開いた。

「たとえば、給食で私が配膳したモノを食べてくれない事がありましたが、その逆もあって、私のおかずにゴミが浮いていたり……それでもうちは貧乏で、給食が頼りだったので、食べるしかありませんでした」

食べたら食べたで「こんなものまで食べて！　いやしいやつめ」と余計いじめられた、と村上和は涙ながらに語った。

「私の分が捨てられてしまって、食べられない日もありました。お腹《なか》がすいて、ほんとうに悲しかったです」

ほかにもカバンを捨てられたり、家庭科の課題の縫《ぬ》い物を切り裂《さ》かれたりなど、日々のいじめは数え切れないほどだったという。

「そんな中でも一番つらかったのは……」

村上さんは言い淀《よど》んだが、意を決したように鵠沼と鳥飼を見た。

「トイレに入っていると、上から水をかけられて。それはバケツの水の時も、水道にホースを繋いだ時も……」

村上和は、懸命に話そうと努力している。

「それから濡れたまま引き出されて『そのまんまじゃ風邪《かぜ》引くよ～』って言われて服を脱がされて……全部」

そう言って彼女は俯《うつむ》いて肩を震わせた。

「タオルなんかなくて」

聞いていたふたりの弁護士は言葉を失った。

「そのあと……どうしたんですか？」

訊き難いことだが、鳥飼としては質問するしかない。

「服は……トイレから離れた場所に、点々と置いてありました。濡れたまま。それを一つずつ拾い上げて、身につけるしかなくて」

村上さんは唇《くちびる》を噛《か》んだ。

「じゃ、その間……」

村上さんは全裸姿を見られてしまったのだ。感受性の強い思春期に……いや、こんなこと幾つになっても絶対に許せないが、されてしまった彼女の気持ちを考えると、居たたまれない。

「ほかにも……誰かがエッチなビデオを見たみたいでいろいろ……体育館の用具倉庫で、その……自分で、慰《なぐさ》めてみろとか言われて……」

気丈に振る舞っていた彼女の瞳《ひとみ》から、ついに涙が零《こぼ》れた。

「それって、いわゆる」

デリカシーがない鵠沼でも、そこから先の言葉は口にし難い。要するに、自慰《じい》をして見せろという極めて悪質ないじめ……いやこれは集団暴行だ。

それを聞いている鳥飼の目にも、涙が浮かんだ。

「あの……そんな事までされて、無理して学校に行かなくても、と思うんですが」

言い難そうに口にする鵠沼に村上和は答えた。

「そうですね。でも、今でこそ、『逃げてもいい』って言われるようになりましたけど、ほんの少し前までは違いましたよね。学校を休むな、いじめに立ち向かえって。それに……学校に行かないと母が心配するので家を出るしかなかったんです。公園で一日時間を潰したこともありました。でも、無断で休むと学校から親に連絡が行くんですよね。サボって非行に走るのを心配してのことだと思いますが」

それで、彼女は、病んでしまったと言った。

「吐き気がして、モノが食べられなくなって、原因不明の熱も出たりして……今思えば、体が全力で学校に行くのを拒否してたんですね。三年の二学期からそうなって、その頃《ころ》には母も薄々判っていたようで、学校のことはもう口にしませんでした」

そのまま学校には行かなくなった、と村上和は言った。

「それでも卒業はさせてくれて、後から卒業証書を貰いに行って……それから試験を受けて昼間はバイトして、夜間高校に行って……でも、今でも急に全身の力が抜けて何もする気にならなくなったりします」

彼女は今も、いじめの後遺症に苦しんでいるのだ。

「辛い人生を送ってこられたのですね……」

鳥飼は心から同情した。一方、鳥飼が話しているあいだにノートパソコンを広げ、何やら調べ物をしていた鶻沼はやがて顔を上げ、村上和に言った。

「ところで、その一連のいじめは、村上さんが書いたように、『今人気絶頂の若手イケメンアスリート』が首謀者で、その人物に他のクラスメイトも従った、ということで間違いはないでしょうか？」

彼女は黙って頷いた。

「村上さんが卒業されたのは、××市立×××中学校ですよね？」

「そう……ですけど」

それは依頼人の新山智弘が卒業したのと同じ中学校だ。

依頼人に関する守秘義務があるので、そのことを鶻沼も鳥飼も口にはしないが、鳥飼の顔色が変わった。いじめの加害者が、本当は新山智弘だと判ってしまったからだ。

ショックのあまり悲鳴を上げそうになるのを鳥飼はなんとか堪《こら》えていた。

激しく動揺する鳥飼に、鵠沼は「落ち着け」と肘《ひじ》でツンツンと彼女を突ついた。爽やかな好青年としか見えない新山に好感を持ってしまった分、鳥飼はそんな自分への自己嫌悪《けんお》と新山への怒りが合体して、大きな衝撃を受けている。

ひどいいじめを実際にやっていたのに、事実無根だ自分は潔白だと、新山は真っ赤なうそをついていたのだ。裏切られたというショックを隠し切れない鳥飼とは対照的に、村上和は冷静だった。

「もうこうなったらハッキリ言います。私をいじめていたのは、有名なアスリートの新山智弘です。あの男に煽動《せんどう》されて他の連中もやりましたが、リーダーはあの男です。新山が率先《そっせん》して、私にひどいことをしていたんです」

彼女は自ら新山の名前を口にした。

「あの男が先生たちにどんな事を言ったのか知りませんが、あの男ならやりかねないと思います。あの男は有名なアスリートだし、テレビにも出る人気者だし……それに引き換《か》え私は、社会的にはなんの力もない、虫けらのような存在です。誰にも信じてはもらえません」

村上和は諦《あきら》めきった表情で言った。

そこで、鵠沼は悟《さと》った。これまで曖昧《あいまい》な態度で、腑《ふ》に落ちないことばかり言っていた新山の真意がようやく判ったのだ。

新山は、『開示請求で相手が誰なのか判ってからどうするか考える』と言っていたが、その意味は今や明らかだ。弁護士の力を借りず、自分で彼女の口を塞《ふさ》ごうとしているのだ。しかも新山は、ネットに書き込んだのは村上和だろうと、最初から目星を付けていたはずだ……。

村上和が冷静に言葉を続けた。

「中学時代のいじめが辛すぎたので、新山さんのことはなるべく目にも耳にも入れないようにしてきました。でも、今度、あの人がいじめ撲滅キャンペーンのスペシャルアンバサダーに選ばれて、それこそポスターからテレビCMから、見たくもないものを何度となく目にすることになって……とうとう先日、あいつが……あの男が、いじめ撲滅キャンペーンのインタビューを受けているところを見てしまったんです。なんですか、あれは？　どの口が言えるんですか。あんな、えらそうなこと」

そう吐《す》き棄てた彼女は、新山が映っている動画を自分のスマホで再生してみせた。

新山がインタビューに答えている。それをカメラが撮っている。テレビに映ったその画面を彼女はスマホで撮ったのだろう。

『いじめは良くないです。僕はいじめられているクラスメイトのために立ち上がりました。とても勇気が要《い》ったけど、見て見ぬふりをしなくてよかったと思います。いじめをなくすには、黙っていてはダメです！　勇気を出してノー！　と言わないと！』

画面の中の新山はその整った顔立ちを紅潮《こうちょう》させて熱弁を振るっている。

「しらじらしいと思いませんか？　この男は、私にひどいいじめを続けていた犯人ですよ。

それで私は人生を壊されてしまったのに」

彼女は動画を終了させ、無念そうにスマホをテーブルに置いた。

「それで……とうとう我慢ができなくなって、ネットに書き込んでしまいました。今までずっと、親にも言わずに永い間、耐《た》えてきたのに」

判ります、と鳥飼は深く同情したと思った瞬間、激怒した。

「おのれ新山っ！　あんな善人みたいな顔をして、カゲではこんなことをしていたなんて！　絶対許せません！　許せんっ！」

鳥飼は激怒すると、鵠沼にも止められないほど爆発した。

「ひどすぎる！　新山はＳＮＳのあなたの書き込みで、名指しされていなかったのをいいことに、私たちにまでウソをついたのです。シレッとした顔で、善意の第三者みたいなフリをして、いじめ加害疑惑は完全な濡れ衣だ、風評被害だと言い立てて、私たちに発信者情報開示の請求をさせました。こうしてあなたの所在が判ったところで、私たちには知らせず、独自にあなたに接触するつもりだったに違いありません！　卑劣《ひれつ》極まりない、卑怯で陰険な、最低な男です！」

依頼人が新山であることを、鳥飼ははからずも村上和にバラしてしまった。

「あっ。言ってしまった！」

鳥飼は口を押さえたが、もう遅い。しかし、村上和は冷静に受け止めた。

「そうなんですか……。私と母は何度も引っ越しをしています。生まれた町に居るのが辛かったり、経済的な理由もあって……中学も高校も同窓会には知らせていないので、きっと行方《ゆくえ》不明の扱いになっているんだろうと思います。友達もいなかったし」

「だから、新山が、いじめ告発の書き込みの主はあなただと目星を付けていても、連絡出来なかったのでしょうね」

鵠沼はそう言って、納得するように頷いた。一方、鳥飼は憤懣《ふんまん》やる方ない様子だ。

「鵠沼先生。こんな依頼は断るべきです！　依頼人は、自分がいじめの加害者だったことを私たちに正直に言っていません」

怒り心頭の鳥飼に対し、だが鵠沼は今ひとつ歯切れが悪い。

「それは、君の言うことももっともだけど……」

鵠沼としては、新山が気前よくこちらの言い値で払ってくれた着手金百万円を返すのはイヤだった。

「でも、こうして開示請求が通ったからには、どうせボクと鳥飼さんがこちらの村上さんと、和解もしくは示談の交渉をすることになるのですから……」

同じことです、と鵠沼は、勝手に示談交渉を開始しようとした。

「前向きに考えましょうよ。新山さんには示談交渉を進める意思があると思います。村上さん、村上さんは、どの程度の金額をご希望ですか？」

無神経な鵠沼の提案に、村上和は顔色を変えた。

「あの男は……あの鬼畜は、今でもお金でどうにでもなると思っているんですね？」

「謝罪をお望みですか？　いやしかし……謝罪なんて、本心でなくてもいくらでも出来ますよ。かなりのお金を取ることで、相手にダメージを与えられて、反省《はんせい》を促《うなが》すことにも繋がりますが……」

「お金が何になるんですか！　私の人生は返ってきません。それに、貧乏人がなけなしのお金を絞《しぼ》り出すのならダメージになるでしょうけど、新山さんのところは代々お金持ちだし、本人も有名なアスリートで、テレビに出たりして人気者だし」

ひたすら暗い顔つきだった彼女だが、今や怒りのあまり表情がハッキリと変わっていた。

「気が変わりました。全部ぶちまけます！」

「いやいやいやいや」

鵠沼はパニックになった。あきらかに藪蛇《やぶへび》になってしまった。

「やめましょうよ。そんなことをしたら、あなたが逆に名誉毀損で訴えられますよ。それに相手は有名人です。どうせ売名行為に違いないと決めつけられて、無責任なマスコミやネット民が面白がって話題にして、あなたがいっそう傷つきますよ」

「構いません。私にはもう失うものなんてないんです！」

村上和は、キッパリと言った。

「どうせ雀《すずめ》の涙の、数十万円かそこらの賠償金よりも、新山智弘を社会的に抹殺《まっさつ》してやりたいんです、私は！」

その頑《がん》とした言葉を聞いた鵠沼は青くなった。勝手に先を読んでしゃしゃり出て、その結果、示談の可能性を潰してしまったのだ。

*

「そうですか。上等です。示談なんかしませんよ、僕は。最初からそんな気もありませんでした」

鵠沼から報告を聞いた新山はなぜか意気軒昂《けんこう》という様子になった。

「むしろ、向こうがその気なら、こっちもやります。向こうに対抗して、名誉毀損で村上和を訴えてやります」

「いやしかし……」

鵠沼は新山を止めようとした。

「よく考えてください。そういう訴訟合戦《そしょうがっせん》にエスカレートするのは不利ですよ。そもそも『いじめ』という過去の事実があるわけですから、これは非常にマズいんじゃないですか？　しかもいじめに関わっていた人は複数です。傷つく人が増えますよ？」

そう言っても新山の心にはあまり響いている様子がないので、鵠沼は言葉を継いだ。

「それに新山さん、あなたは今、政府の、文部科学省のキャンペーンに、指名されて関わっているんでしょう？　新山さんは世界的なアスリートだし、イメージを大切にしないとマズいのではないのですか？」

「おやおや」

新山は意地の悪い笑みを浮かべた。

「鵠沼先生は、あえて儲けを捨てようというんですか？　というか、依頼者である僕の意向を無視して勝手に村上和に会って、示談の目を潰したというのは、依頼者への背信行為、利益に相反する行為ではないのですか？　だってそうでしょう。敵である村上に利するような行為をしたわけだから。これって、立派に弁護士懲戒《ちょうかい》請求に値《あたい》する、やってはいけない行為なんじゃないんですか？」

「弁護士懲戒請求だと？」

その言葉を聞いた鵠沼は反射的に立ち上がった。

「何を言い出すんだ！　そんなの懲戒請求の乱用だ！」

「でも、あなた方が依頼人の利益に反する行為をしたのは事実ですよね」

鵠沼の弱みを突いた新山は一気に主導権を握ってしまった。こういう駆け引きはアスリートとしてお手のものか？

「僕は有名人として、やっかみを受けて、中学時代の同級生の女・村上和にストーキングされて嫌がらせをされている。ネットにもあることないこと書かれて大変迷惑を受けている。これは名誉毀損であるので、村上和を訴えます」

そう言った新山は、鵠沼を睨《にら》みつけた。

「この訴訟をあんたがやってくれれば、懲戒請求はしません。もちろん弁護料もきちんと払います。これでどうですか？　センセイにとっても悪くない話でしょう？　センセイは、弁護士として、法律を駆使《くし》して依頼人の利益を追求するのが仕事ですよね？　だから、誰が見ても死刑に値するような極悪人だって、依頼があれば弁護するんですよね？」

そう言われた鵠沼は、「あ～」と深い溜息《ためいき》をつくと、座り込んだ。

「判りました。新山さん、あなたが言うとおりです。あなたの依頼を受けましょう」

そう言った鵠沼を、今度は鳥飼が信じられない、という目で睨《にら》みつけている。

「ボクにも覚えがありますが、中学生といってもまだ子供です。好きな子とか気になる子に、それも男女を問わず、チョッカイを出したりいじめみたいなことをした覚えはあります。程度は大きく違うとはいえ、その意味では、ボクは新山さんの過去の行為について、完全に否定して断罪する気にはなれない部分があります。それに、村上和さんが不毛な訴訟に突っ込んで、さらに傷つく事態を阻止《そし》したい気持ちもある」

これが鵠沼が新山に感じた「一分の理」ではある。

依然として厳しい目で鳥飼に睨まれている鵠沼が、気を取り直して訊いた。

「そもそもの話なんですが……新山さん、あなたはどうして村上和さんをいじめるようになったんです？」

「さあ、どうしてだったかなあ」

そんな質問をした鵠沼を、新山は哀《あわ》れむような目で見た。

「センセイ、あなた、自分の中学時代のことをきっちり覚えてますか？　そりゃまあ弁護士センセイならアタマがいいから覚えてるのかもしれないけどさ」

新山は急に横柄《おうへい》な態度になった。

「ハッキリ覚えてないんだよねえ。強《し》いて言えば、なんとなくかなあ。アイツのことが、なんか、いや無茶苦茶ムカついたっていうか……いじめって、そんなもんじゃないですか？　あんたもさっき言ったよね。特に理由なんてないっすよ」

「村上さんに何かの才能があって、クラスで注目されたことで、あなたの攻撃性に火が点《つ》いたとか？」

鳥飼が詰問《きつもん》した。

「いや」

新山は首を横に振った。鳥飼はさらに質問を重ねた。

「もしくはあなたに彼女がいたとして、その彼女と村上さんと成績か何かの才能で競《きそ》う立場にあって、たまたま村上さんのほうが優れていたために、あなたの彼女に焚《た》きつけられていじめるようになったとか？」

「それもないね。中学時代、おれが影響を受けるような女、いなかったし」

「新山さん、あなたは、いじめるのが楽しくなり、自分では止められなくなって、友達から制止されていたにもかかわらず、いじめ続けていたんじゃないですか？」

「さあね。友達は誰もおれにそんなこと言わなかったしね」

「いわゆるジャイアンだったわけ？」

「ちげーよ」

新山は、爽やかなアスリートのイメージを自ら捨て去るように、地金を今や全開にしている。

「まあ、親とか教師に『爽やかないいやつ』みたいに思われてると、なにかと都合が良かったから、そういうのを装《よそお》ってたなあ。猫被《かぶ》ってたというか。そういうストレスが堪《たま》ってたのかもね。今にして思えばね」

そう言ったことがキッカケになったのか、新山は当時の言い訳を滔々《とうとう》と述べはじめた。

「なんせ中学生なんてガキだからさ」「ガキが何の考えもなしにやったこと」「ただのからかいだった」「いじめの意図《いと》はなかったというか、そういう意識はなかった」「嫌がるのをみんな笑って見てた。おれだけが悪いんじゃない」……。

そして遂《つい》に、そうだそうだ、と決定打を放った。

「これ、そもそも時効じゃねえの？」

新山は自分が発見した突破口を自画自賛した。

「そうだよ！　とっくに時効じゃね？　中学三年までって、言っても十五歳でしょ。それから十年経《た》ってるんだよ。時効だ時効！　だったら、向こうは裁判なんか起こせないじゃん。でもこっちは名誉毀損を今、現在進行形でされてるんだから裁判起こせるよね？」

鵠沼としては、いじめの被害者である村上和が時を経《へ》ても訴えたい、という気持ちは良く判る。依頼人・新山が十年前にやっていたことはそれほど酷《ひど》いいじめなのだ。その思いは鳥飼も同じ……いや、鳥飼の方がはるかに強いだろう。

「ってコトで、どうするの？　鵠沼先生？　オレの名誉毀損の裁判、やる？　やってくれるよね？」

開き直って勢いづいた新山は、強く鵠沼に迫った。

「前にも言ったけど、他の弁護士が受けてくれないって事もある。弁護料ははずむから。やるよね？」

鵠沼はしぶしぶ「やります」と答えた。


「信じられません。鵠沼先生、ホントにやるんですか？　名誉毀損の裁判」

新山が帰ったあと、鳥飼は鵠沼を睨みつけた。

「村上さんに会って、本当のことを聞いたのに？　明らかに新山が悪いと判った上で？」

「じゃあどうするんだ？　この案件を受けなきゃ、アイツは弁護士懲戒請求をすると言ってる。もし懲戒請求をするとしたら、物凄く腕のいい弁護士を雇《やと》うだろう。そうしたら、ボクはオシマイだよ。ジ・エンドだ。君だって路頭に迷うんだよ」

「見損ないました。巨額の弁護料に目が眩《くら》んだんですね」

鳥飼は辛辣《しんらつ》な言葉を放ったが、鵠沼は「おっしゃるとおり！」と反論しなかった。

「ただし！　ただしです。アイツも言ったけど、凶悪犯罪を犯した、誰が見ても極悪人でしかないヤツにだって弁護される権利はあるし、弁護士は弁護するのが仕事です。新山は将来を嘱望《しょくぼう》される日本を代表するアスリートだし、彼の活躍《かつやく》を見て元気になる人もいるでしょう。新山も社会に役立っている有能な人材であることは間違いない。その人材を、過去の、時効を迎えているかもしれない若気の至りの部分で潰してしまっていいのか？　という問題があります。しかも訴える側の村上和さんにも勝ち目はない。それどころか、村上さんだって社会から激しく叩かれる公算が高い。つまり穏便に和解に持ち込めない限り、誰ひとり幸せにはならないのです。新山を弁護するにあたっての、ボクの『一分の理』はその辺かな」

鵠沼は、自分が言ったことに納得した。

「でも、弁護士にだって仕事を選ぶ権利はあります。現に、新山の弁護を、他のどの先生も引き受けなかったんでしょう？」

「だからと言って、新山には弁護を受ける権利が無い、ということにはならない。弁護士ならその機会を奪ってはならないはずだ」

そう言われてしまうと、弁護士という仕事をしている手前、鳥飼もそれ以上の反駁《はんばく》は出来なくなった。

「鳥飼さん、あなたはこの件をやらなくていいです。今やりかけの仕事に専念してください」

そう言われた鳥飼は不承不承、今の仕事を続けることにした。

しばらくして、村上和から鵠沼の事務所に電話が入った。

「私のアカウントが凍結されてしまいました。もうネットに書き込めないし、これまで書いたものも読めなくなっています！　先生たち、何かしたんですか？　ちょっとやり方が汚くないですか？」

彼女には、鵠沼が新山の依頼を受けて、名誉毀損の裁判を起こす準備をしているとは伝えていない。しかし、弁護士としてSNSの運営会社になにか働きかけた覚えもない。

「先生。これ、絶対、新山が何かやったに違いありません！」

鳥飼がそう言い、即座に新山に電話を入れた。

「新山さん、村上和さんのアカウントに何かしました？」

悪びれる様子もなく新山は平然と答えた。

「ああ、その件ね。ハエがブンブン飛んでうるさいから、黙って貰うことにしたんだよ。例の件の首謀者がおれだって、ハッキリほのめかすようになってきたんでね。まさかセンセイ、向こう側に内通してませんよね？」

「してませんよ！　それをやったら弁護士法に反します。それで、新山さんは何をやったんですか？」

新山は「黙って貰う」ことにした、その具体的内容を口にした。

「おれの人脈を使って、村上和のアカウントを凍結させたんです。いわゆる『中の人』に知り合いがいたんで」

「それは、正規の手続きを経ないで、やったんですよね？」

「正規の手続きって言ったって」

電話の向こうで新山はせせら笑った。

「そんなのテキトーじゃないですか。クソみたいな事しか書かないアカウントがのうのうとのさばってるケースなんて山ほどあるし、相撲《すもう》の力士の写真を貼ったらワイセツ画像だと言われてアカウント凍結になったり、特定の言葉を使っただけでＡＩが自動判定してアカウントロックされたり、実にいい加減でしょ」

新山はそのいい加減さに乗じて、村上和のアカウントを葬《ほうむ》ってしまったのだ。

電話を切った鳥飼は、「ちょっと先生、これ、許せます?」と鵠沼に迫った。

「村上さんは、世間に真相を訴える方法を、卑怯《ひきょう》な手で封じられてしまったんですよ!」

「それはそうだけど……」

それでも優柔不断な鵠沼に、鳥飼は激怒した。

「もう、いいです! 私、辞めます!」

「いやいや、辞めるって、今やってる件は……?」

「そんなの、センセイが自分でやればいいでしょう! 書類はまとめてありますから、見れば判るはずです」

「たぶん君は……ここを辞めて、村上さんの味方をすると思うんだけど、それって弁護士法とか他のいろんな事に抵触するんじゃないか? 業務上知り得た事実を、敵方に内通するような形になるでしょう?」

「弁護士法？　あの、私、ここには押しかけ入所みたいな感じで、なし崩しに居させて貰ってました。採用されたとか、正式な雇用契約があったわけではないですよね」

それは鳥飼の言うとおりだし、この件で新山と取り交わした契約書には、すべて鵠沼の名前だけを記載している。

弁護士にはいろいろあって、「イソ弁……弁護士事務所に居候するわけではなくアシスタントをして経験を積む弁護士」、「ノキ弁……弁護士事務所の軒先を借りているが独立して仕事をする弁護士」、「タク弁……自宅を事務所にする弁護士」、「ケー弁……携帯電話だけで仕事をする弁護士」というものがあるが、鵠沼と鳥飼の関係は「イソ弁」以前の完全なアシスタントだったので、鳥飼は弁護士として名前を出していないし意思も表明していなかった。今後は鵠沼から完全に離れて「タク弁」になるというのだ。

「なので弁護士法については問題にはならないと思います。では」

切り口上でそういうと、鳥飼は荷物をまとめて出て行ってしまった。

＊

「私、鵠沼のところを辞めてきましたから。今日からは村上さん、あなたの味方です。とことんやりましょう！」

鳥飼は、村上和に会って、キッパリと言った。

「弁護料は戴きません。自腹でやります。私、どうしてもあの新山という男を許せないんです。村上さん、私と一緒に、あの男を懲《こ》らしめましょう！」

しかし、村上和は打ちひしがれていた。

「でも……私なんか……どうせ何をやっても駄目なんです。私、負け犬なんです」

たしかに、中学時代、いじめを受けたことを理由に訴えは起こせない。いじめに関しては十年前のことで、傷害罪などに問おうとしても既に時効が成立している。もはや法的な制裁を加える方法は無いように思われた。だから、彼女はせめてネットに書き込んで、新山の偽善ぶりを曝《あば》こうとしていたのだが、唯一《ゆいいつ》の告発する方法も封じられた。村上和は絶望した口調で続けた。

「その上もしも、名誉毀損で訴えられたら……私にはお金がないし、母だって病気がちで伏せっているし、鳥飼先生にだって、自腹で弁護をしていただくようなご迷惑はかけられません」

彼女にそう言われて、鳥飼は自問自答した。

もう自分に出来る事はないのか？　結局、こうやって悪が栄えて終わりなのか？　この世に正義は無いのか？

「村上さん、いじめの後遺症があるとおっしゃいましたよね？」

鳥飼は訊《たず》ねた。

「お医者さんにはかかってますか？」

「以前は行ったこともありますが……お医者さんには気のせいだと言われて、貰った薬も効《き》かないので、最近は行ってないです」

「でも、症状はあるんですよね？」

ええ、と彼女は怪訝《けげん》そうに頷いた。

「ありますが……」

「お医者さんには、今の症状《しょうじょう》……吐き気とか脱力感とかやる気が無くなるとか、そういう症状がいじめの後遺症だと説明したことはありますか？」

「言ったかもしれませんが、ほとんど相手にしてくれなくて……」

それを聞いた鳥飼は、大きく頷いた。

「判りました。なんとかなります！　まずはきちんとした先生にかかって、診断書を貰いましょう！」

＊

その頃。鵠沼は困り果てていた。広告が効いて、有象無象の案件の相談が来ている。その大半は箸《はし》にも棒にも掛からないもので、ほとんどは電話で聞いた段階で断るのだが、そうもいかない数件については、鳥飼に丸投げして任せてしまっていた。それをすべて、自分で処理しなければならなくなったのだ。

仕事をどう整理しようか考え込んでいたその時、新山が書類を持ってやってきた。

「鵠沼先生。おれ、訴えられました。どういうことですか？　これが訴状です。突然送られてきて」

新山がデスクに叩きつけるように投げ出した書類を鵠沼は手に取った。

「これは……損害賠償の訴状ですね」

拝見、と断って鵠沼は訴状をじっくりと読んだ。

「なるほど。訴状によると、原告の村上和さんは中学生の頃、被告である新山さん、あなたにいじめられていたと。中学卒業後は進学先が別になって顔を合わせることもなくなっていたが、やがてPTSDを発症。原因不明と言われて治療《ちりよう》していたが良くならず、つい最近、ようやく中学時代のいじめが原因のPTSDであることが判明。今更訴えても無駄ではないかとずいぶん悩んだけれども、結局、泣き寝入りはしたくないということで裁判に踏み切った、と書かれていますが」

「言いがかりだ！　完全に事実無根の難癖《なんくせ》だ」

新山は喚《わめ》いた。

「しかも損害賠償の金額が一億円？　ぜってぇ誰かの入れ知恵に決まっている！　あいつが自分で考えつくようなことじゃない」

鵠沼が訴状をよく見ると……弁護人の名前がない。

「これは、本人訴訟です」

「なんだよ本人訴訟って」

「弁護士などの訴訟代理人を選任せずに、当事者本人が訴訟を行うことです」

「じゃあこれ、全部あの女が自分でやってるって事なのか？」

信じられない、と新山は驚いて首を振った。

「そんなことが可能なのかよ？　弁護士無しで自分で裁判を起こすなんて」

「例がないわけではありません。過去にも『ロス疑惑における報道に対する名誉毀損訴訟』などの実例があります」

ったくなんてことだよ、と新山は忌々《いまいま》しそうに吐き捨てた。

「あいつがねえ。村上和のくせに。あいつ、頭悪いし成績も良くなかったのに」

鵠沼としては、村上和のバックには鳥飼が付いていると睨んでいるが、もちろんそのことは黙っていた。

「しかしこれ、いじめについてはおれ、先生にはやったと言いましたけど、そもそも、前にも言ったとおり、時効ってものがあるんじゃないんですか？」

ありますが、と鵠沼は六法全書を確認しながら言った。

「この訴訟は『不法行為に基づく損害賠償の請求』ですが、『時効』は損害及び加害者を知った時から三年、と民法七百二十四条で定められています。本件の場合、ＰＴＳＤの原因が、いじめだとはっきり判ったのがつい最近だと書いてありますし、その診断書も添付されています。診断書が出たときから起算すれば、時効は成立しないと原告は判断したのでしょう」

「で、先生はどう判断するの？」

「そうですね」

鵠沼は慎重《しんちょう》に言葉を選んだ。

「最終的には裁判所が判断することになりますが……今までの判例を見ても、時効が成立するかどうかは五分五分ですね」

そうなのか、と新山は深刻な顔で首を傾《かし》げた。

「この件、前にも言ったけど、おれの知り合いの弁護士に相談しに行ったら、弁護を引き受けて貰えなかったんだよ。今、世の中はいじめ問題に敏感だから、こういう裁判で勝つのはマジで難しい、たぶん負けるって言うんだ」

「まあ、普通はそう言います。勝てない裁判を好んで引き受ける弁護士は稀《まれ》です」

鵠沼はそう言って大きく頷いた。

「けど鵠沼先生、お宅は、ヨソが引き受けない案件も引き受けてくれて、裁判にも勝ってしまう凄腕なんでしょう？」

「誰がそんなこと言いました？」

本来なら胸を張って、「難事件で勝訴する凄腕弁護士とは私のことです！」とか言いたくなるところだが、この件では、それは言いたくない。しかし、懲戒請求をされたくなければ引き受けるしかないのだし、引き受ける以上は勝たなければならない。

仕方なく鵠沼は言った。

「裁判に勝つには、ハッキリ言って相手の弱点を突くしかありません。新山さん、あなたは先日、中学時代にいじめをやったことを認めましたが、それでも、『いじめはやってなかった』と主張して、原告の主張を完全否定する作戦もあります。どうしますか？」

「出来ればその線でお願いしたいな」

「とは言っても、裁判の過程であなたがウソをついたことがバレると、裁判官の心証を悪くしますからねえ……」

どうでしょう、と鵠沼は提案した。

「ここは、和解の選択をするのは」

「そいつは無理っしょ。そもそも先生がのっけにしくじって、示談の目を潰したんだから」

それはそうだが、一度失敗したから二度目をやってはいけないという法律はない。二度三度とやってみる価値はある。

「あのですね、有り体《あてい》に言えば、原告の村上さんは、お金に困っています。だから……もう一度、上手に話を持っていけば、お金で解決できる可能性は高いと思いますよ」

「じゃあ、ぜひそうしてよ！」

新山は身を乗り出した。

「カネで片が付くのなら、それに越したことはないからね」

アイツの口を完全に封じてほしい、と新山は念を押した。

「じゃあ、頼んだよ、鵠沼センセイ！」

新山は鵠沼の肩をポンポンと叩いて帰っていった。

その後ろ姿を見ながら、彼は考えた。

村上和が起こした損害賠償の訴訟は、たぶん、こちらが勝つ。原告敗訴で終わる。後遺症といじめの因果関係、さらに実際にいじめがあったかどうかの証明などを突いていけば、一般的な感覚とは違って、法律的な判断では新山の言い分が通るだろう。中学を卒業してから十年後に得た診断書が、当時のいじめを証明しうるのか、ということも争点に出来る。

それもあって、最終的には村上和も不利を悟《さと》り、こちらの和解に応じる……いや応じざるを得ないだろう、という読みがあった。それにしても後味は良くない。

「悪党のために頑張るのもラクじゃないな」と鵠沼は溜息をつき、自分の肩を揉《も》んだ。

目指した筈《はず》の「クライアント勝訴のためにはどんな悪辣《あくらつ》な手も使う、ハードボイルドで冷酷《れいこく》な敏腕弁護士」というイメージが、もはや魅力的だとは思えなくなっていた。


それからしばらく経った、東京地方裁判所民事部。

新山智弘と村上和の訴訟合戦の様相を呈した二つの裁判は当事者が同一なので、一緒に審理する「併合審理」で行くことになった。

裁判が開始されても、しばらくは書面のやりとりが主となる。これを「争点整理」と呼んで、争点が複雑だと半年以上かかる場合もある。いきなり法廷で丁々発止《ちょうちょうはっし》の論戦が展開されるわけではないのだ。

争点整理では裁判所とは文書のやりとりだけになり、裁判所を介して原告と被告の間で文書が行ったり来たりする。文書だけではよく判らない点がある場合は、代理人……つまり弁護人が呼び出される。

この日は双方ともに裁判所に呼び出された。鵠沼は代理人だが、原告は本人訴訟だから村上和本人が出てきた。しかし法廷での審理ではなく、あくまで会議室での話し合いだ。

「双方にお聞きします。本件を、あくまで法廷で争いますか？　お互い、歩み寄れるところは歩み寄って、和解出来ませんか？」

裁判長は和解を勧めてきた。これは争点整理の度《たび》に言われている事で、そのたびに鵠沼は「可能であれば和解したい」と言い、村上和は一貫して拒否し続けている。

「お金の問題ではないんです。私は、失われた人生の代償として、加害者の新山にきちんと謝って欲しいし、制裁を受けて欲しいんです」

「これは民事裁判ですから、制裁という概念は馴染《なじ》みません……罰《ばつ》は与えられませんよ」

裁判長は穏《おだ》やかに言ったが、村上和は特にいきり立つこともなく、落ち着いて応答した。

「ですから……法的にということではなく、社会的制裁を受けて欲しいんです。今はスターみたいに活躍《かつやく》しているあの人物が、中学時代にやっていたひどいことが、広く知られるべきだと私は思います。広く知られることが社会的な制裁になるんです」

「村上さん、あなたのお気持ちはよく判ります」

鵠沼はあえて、言った。

「過去の恨みが消えず、それで加害者の人生の栄光に水を差したくなる気持ちも、とてもよく判ります。しかし……そのエネルギーを、明日の人生、これからの人生に使うことはできませんか？　その方が有効ではないでしょうか？　裁判は時間もエネルギーも使います。人生は無限ではありません。だったら……」

鵠沼は弁護士として新山の代理人ではあるけれど、原告・村上和の弱点を突いて完全に凹《へこ》ませるようなことはしない。相手方を完膚《かんぷ》無きまでに叩き潰して「悪徳弁護士」「鬼弁護士」「地獄の弁護士」「勝つためなら手段を選ばない史上最低の弁護士」と呼ばれるなら、依頼人の利害に忠実な弁護士としての「理」も「利」もあるが、村上和の窮状《きゆうじよう》を知ってしまうと、弁護士として以前に、人間としての「理」をどうしても考えてしまう。

しかし……ここが本人訴訟の難しいところで、どうしても本職の弁護士である鵠沼のペースで手続きは進むし、村上和の反論は弱い。村上和のバックに鳥飼がいるのは間違いないが、法廷に同席して代理人を務《つと》めていない以上、時間の無駄も多い。

「原告の村上さん、あなたは前回の争点整理で話した事を次の争点整理でひっくり返すことが多いのですが、それが争点整理の進行を遅らせています。その自覚はありますか？」

はっきりと裁判長に指摘されてしまった。裁判長も、本人訴訟と言いながら、裏に弁護士なり法律の知識を持った人物がいて、原告にいろいろ入れ知恵していることを見抜いているようだ。

「村上さん。本人訴訟ではなく、きちんと代理人を立てた方が、争点整理も効率よく進むのではないですか？　原告側の主張についても、法律の裏付けがきちんとある方が、審理ではとても有利です。裁判はあくまでも法に基《もと》づいて行うものですから」

このまま争点整理が終わって舞台が法廷に移ったら、被告・新山側が勝ってしまう。本人訴訟の場合、その本人が弁護士や法学部の教授など法律の専門家でもない限り、どうしたって弁護士をつけた側が圧倒的有利になる。逆に言えば、有利にならなければ弁護士をつける理由がなく、弁護士の存在価値もないのだ。

とは言え、このまま新山に勝たせてしまうのは、新山側の弁護士である鵠沼にしても腹が立つし、理不尽《りふじん》だと思う。かと言って、被告側である鵠沼としては原告側に有利なことは出来ない。弁護士法や弁護士職務基本規程で、「利益相反」行為が厳しく禁止されているからだ。だから鳥飼も正式に村上和の弁護をすることが出来ないのだ。

鵠沼は自分の立場に苛立《いらだ》った。しかし……今の立場では、どうすることも出来ない。

争点整理で今回も裁判の進行自体は前進しないまま、彼は自宅兼事務所に戻って、訴状をじっくり読み返した。

そして……何度も何度も読み返しているうちに、「ん？」と、ある箇所《かしょ》が目に止まった。

『原告は被告に中学時代に何度もトイレの個室で冷水を浴びせられて、風邪を引いたこともある』

『濡れた服をすべて脱がされて全裸で放置された』

『集団の目前で自慰を強制された事もある』

これは……「傷害罪」「強制猥褻罪《わいせつ》」に当たるのではないか？

「強制猥褻罪」については当てはまるのは明らかだが……問題は「傷害罪」だ。村上和が冷水を浴びせられて風邪を引いたのは何時《いつ》か、ということと、風邪の症状の度合いだ。高熱を発して寝込んだ場合は「人の健康状態を悪化させると傷害とする」という学説上の「生理機能傷害説」、もしくは「体に変化を与えたら傷害とする」という「身体の完全性侵害説」が当てはまり、傷害罪が成立する。ちなみに傷害罪には、女性の髪の毛をばっさり切った場合も当てはまる。新山のことだから、この程度のことはやった可能性も大いにある。

しかし、強制猥褻罪の時効は七年、傷害罪の時効は十年だ。時効が完成してしまっている可能性の方が高い。

もっと決定的な加害の事例はないか？

鵠沼はさらに訴状を読み込んで、一字一句精査していった。自分のやっていることは被告側ではなく、完全に原告側の弁護士だ、と思いつつ……。

すると……。

『原告・村上和は、いじめ集団から繰り返し「死んでしまえ」「死ね」と自殺を教唆《きょうさ》され、学校の校舎の屋上から突き落とされそうになるなどしてノイローゼに陥《おちい》り、心身の健康を害した』

という箇所が見つかった。村上和の意図としてはいじめの数々を列挙して、全体として

「いじめた行為」を謝罪させようという意図があるのだろう。

だが、これを使わない手はない。鳥飼は何を考えているのだ、と鵠沼は思った。なんせこれは、やり方によっては「殺人未遂」「殺人教唆」に該当《がいとう》するかもしれないのだ。その場合の時効は……。

鵠沼は手っ取り早くネット上の法令検索サイトや、他の弁護士の見解や判例を調べた。

「殺人未遂、及び殺人教唆の時効は、二十五年！　単なる自殺教唆だけなら十年。しかし『本人の意思決定の自由を奪う程度の脅迫《きょうはく》』が手段として用いられた場合には、自殺教唆ではなく、殺人罪の間接正犯（事情を知らない人物・善悪の判断ができない人物などを道具のように一方的に支配・利用して、犯罪を実行すること）が成立する可能性がある」

つまり執拗《しつよう》に暴行や脅迫を繰り返し、自由な判断を行うことができない精神状態に被害者を陥らせて自殺に追い込んだ場合には、教唆の域を超える、という法解釈だ。

「これなら殺人未遂罪の間接正犯が成立する可能性がある」

殺人未遂罪の法定刑は、死刑または無期もしくは五年以上の懲役《ちょうえき》。そして殺人未遂罪の間接正犯も、殺人未遂罪と同じ法定刑が適用される。

刑事事件として扱われると、検察が起訴することになる。検察としては有罪判決を得るためには、より確実な「傷害罪」を適用したい筈《はず》だが、その場合、やはり十年という時効の壁が出現してしまう。

ここはやはり、やや無理筋ではあるが、殺人未遂罪の間接正犯、これで行くしかない。

鵠沼はその結論に達した。

それにしてもこの突破口、ウルトラCとも言うべき「殺人未遂罪の間接正犯」の可能性に、鳥飼は気づいているだろうか？

鵠沼としてはすぐにでも電話して鳥飼に教えてやりたいが、それは出来ない。弁護士法第二十五条第一項と弁護士職務基本規程第二十七条一号に、弁護士は訴訟の相手方に具体的な法的助言をしてはならないとハッキリ書いてある。

鳥飼も弁護士で、あれほど村上和に同情しているのだから、この辺のことを考えていないわけがないのだ。いや……正攻法が大好きなタイプだから、あくまでも新山の謝罪と社会的制裁にこだわって、殺人未遂罪など最初から夢にも思っていない可能性もある。

鵠沼は、またしてもジレンマに陥った。

知らん顔をして電話しても、通話記録を調べられたら、自分が鳥飼と「内通」していたことがバレる。メールも同じ。公衆電話を探して鳥飼に電話するか？　それも本気で調べられれば、防犯カメラの映像からバレてしまう。

ここは原始的に、伝書鳩《でんしょばと》を使うか？　矢文でも射るか？

しばらく解決策が見つからずに唸《うな》っていた鵠沼だが、鳥飼が残していったアニメキャラが描かれたマグカップをぼんやり見ているうちに、「そうか！」とあっけなく解決策に気がついてしまった。

鳥飼は、村上和の正式な弁護人ではないのだ。だったら、会うことに問題はない。もっと言えば、民事の場合、裁判になっていても、弁護士同士が会って和解交渉などをすることなどいくらでもあるではないか！

な〜にを面倒くさく考えていたんだろう。

難しいのは、今発見したばかりの「新山を殺人未遂にする方法」を口頭でどう伝えるか、なのだ。

鵠沼は、鳥飼に電話を入れた。

「村上さんの件だけど」

鵠沼は単刀直入に言った。

「損害賠償は時効三年の解釈が面倒だし、同じ理由で傷害も厳しい。もっと言えば、自殺教唆にしても時効は十年です。村上さんと新山の中学卒業から起算して、現在はすでに十年が経過。しかも卒業が三月として今は秋だ。つまり十年の時効から半年過ぎてしまった」

「はい。なので時効停止とか、そっちを考えていますけど」

鳥飼はやはり、正攻法で行く気だ。

「……ここは搦《から》め手で行った方がいいんじゃないのかな」

「は？」

「民事じゃなくて、刑事事件にしてしまうとかさあ……」

「ああ、センセイ！　それ以上は言わないで！　利益相反です！」

「そうだっけ？　……そういやこの前、二時間ドラマの再放送を見てたんだよね」

たまたまヒマだったから、と鵠沼は言い訳した。

「そうしたらさ、この自殺事件、実は他殺じゃないんですか？　と相手方を睨みつけるカッコいい弁護士が出てきてね。いや、そのドラマの犯人は実にまったくもって鬼畜外道なやつなんだ。自殺した被害者をありとあらゆる手段で追い込んだ、その犯人を殺人きょ……」

そこで鳥飼はプツッと電話を切ってしまった。

これでいい。鵠沼は、ニヤリとして電話を切った。

「なにニヤニヤしてるんだよ？」

突然うしろから声が聞こえた。鵠沼がぎょっとして振り返ると、そこに立っているのは……大柄《おおがら》でガサツそうな髭面《ひげづら》の中年男。ヨレヨレのシャツにズボンとくれば……。

「浜中《はまなか》先輩！　どうしたんですか？」

「いや、玄関で声をかけたんだが、お取り込み中だったようだから、勝手に上がらせて貰った」

その手には一升瓶《いっしょうびん》ならぬ、コーラの1．5リットルボトルをぶら下げている。

「お祝いじゃないからコーラにした。飲もう！」

先輩には逆《さか》らえないというか、この浜中先輩は特に面倒くさいので、鵠沼は言うとおりにしてグラスを二つ用意した。

「繁盛《はんじょう》してるみたいじゃないか。けっこう結構」

浜中先輩は一気にグラスを空けるとゲップをした。

「なあ、君がギャレット隅田《すみだ》早見《はやみ》を事実上馘《くび》になるキッカケになった事件、覚えてるよな？」

「ええ。それが？」

「忘れようがありませんよ」

「あの事件、大学の体育会のチーム監督のパワハラ事件だったよな」

もったいぶった話し方をする浜中先輩に、鵠沼は次第《しだい》に苛立ちを感じ始めた。

「あの件、男子陸上のチームだったよな？　で、チーム監督《かんとく》と仲のいいOBも絡んでいて、そのOBが、あの大学の陸上部の『パワハラ体質』を煽《あお》っていた側面もあったよな？」

「ええ、そうでしたね。実にイヤな事件でした」

「それで、覚えてないか？　そのOBの名前。そいつは訴えられてなかったが」

「ええと、あれは……確か」

雷に打たれたようにそこで記憶が蘇《よみがえ》った。

「新山……新山智弘！」

鵠沼の頭脳が目まぐるしく回転した。あの事件の詳細は記憶している。その記憶を引き出しているのだ。

「まあ、あの事件と今、君がやってる裁判に関係はないが、両方に登場する、新山という人物の人間性は一貫してるよな」

「先輩！」

鵠沼は思わず浜中先輩の手を握ってブンブン振り回すほど固い握手《あくしゅ》をした。

「よくぞ気がついてくれました！　凄いです！　その通りですよ！　そうか。あの男はやっぱりそういう人間性なんだ！」

鵠沼は、あの件について、ようやく細部までを思い出した。

「だから、新山が発信者の個人情報を特定してくれとここに頼みに来たとき、『鵠沼先生の評判はかねてより聞いております』と言ったのか……」

「新山は君が勝訴した件をよく知ってたんだよ」

浜中先輩がダメ押しした。

「これこそ君があの件を、今ここで乗り越えるチャンスじゃないか？」

「あ……でも」

歓喜の直後、鵠沼はある事実に直面して、悲しげに首を振った。

「せっかくの情報ですが……これはボクには立場上、利用することができない、と言うか、少なくとも裁判では使えません」

「ナニ言ってる！」

浜中先輩は注ぎ足《つた》したコーラをまた一気飲みしてゲップをした。

「さっきの電話を盗み聞きしたから、君のやろうとしていることはお見通しだ。君がギャレット隅田早見を辞めた顛末《てんまつ》もよく覚えている。そして弁護士の大原則『利益相反をしてはならない』という縛《しば》りで君が苦労しているのも重々承知している」

「何のことでしょう？　先輩がナニを言ってるのか、ボクにはよく判らないんですけど」

鵠沼はトボけた。浜中先輩に今、事の次第を知られるわけにはいかないのだ。なんせ先輩は部外者。この件の際《きわ》どい作戦のキモの部分を知られては困るし、あとから問題になるような言質《げんち》を握られるわけにはいかない。

「水臭いな、君も。ま、いいって事よ。おれはおれの考えで、好きにやらせて貰ったってことだ」

「先輩！」

鵠沼は怖い顔になって浜中先輩に迫った。

「くれぐれも、類推とか想像とかで、ボクの弁護士生命を脅《おびや》かさないでくださいよ！」

「判ってるさ！」

浜中先輩は破顔一笑した。

「君の怖いお母さんには、息子をくれぐれも頼みますと、お歳暮やお中元やなんやかやを貰ってるんだ。まあ、買収されてるようなものだ。悪いようにするわけがないじゃないか」

浜中先輩はそう言ってウハハハハ！　と豪傑《ごうけつ》笑いをした。

＊

翌日。

またしても朝一番に依頼人の新山が飛び込んできた。

「センセイ！　どうしてくれるんですか？　大変なことになりました！」

「どうしたんです？　まだ八時ですよ。仕事開始前です」

鵠沼はトーストを食べていた。

「だから悠長にメシなんか食ってる場合じゃないんです！　突然、おれのスポンサーが降りるって言い出して。正式発表する前にと、ついさっき電話してきたんです」

アマチュア選手にはスポンサーがついている。ユニフォームやシューズなどに企業ロゴを入れて広告塔になる代わりに、多額のスポンサー料を貰ってトレーニング費や遠征費に充《あ》てるのだ。

そのスポンサーが離れてしまったら、アマチュア選手は活動できなくなってしまう。

「スポンサーが？　それはどういうことなんですか。ボクに判るように説明してください」

「おれにだってよく判んないよ！　一番のスポンサーのコリャコーラとＶＩＶＡカードが降りるって。なんかね、出所不明の噂が広まってるって。おれが中学時代に、女の子を自殺に追い込んだって」

「村上和以外にも誰かいじめてたんですか？」

鵠沼はコーヒーを飲みながら訊いた。

「いじめてません！　いじめてねえよ！　それに、村上は生きてるし、誰も自殺してないじゃないか！」

新山は立ったまま、吠《ほ》えた。

「どういうことよ、これ」

さあ、と言いながら、鵠沼も首を傾げた。

考えられることはただ一つ。

鳥飼が、彼女なりに、搦め手を使ったのか？　そうでなければ、浜中先輩……。

その時、新山のスマホが鳴った。ショートメッセージが入ったらしい。

「あっ！　先生！　テレビ、点《つ》けて貰えますか？　すぐ点けて！」

時間的には八時台。朝のワイドショーの時間だ。

テレビには、村上和が一人で手にした原稿を読み上げている姿が映った。「自殺強要まで！　いじめ被害者　衝撃の記者会見！」という毒々しいテロップが画面に躍《おど》っている。

「公《おおやけ》にはしたくなかったのですが……加害者である新山さんの態度があまりに不誠実だったので、ここまでお話ししないと私の気持ちが判って貰えないんだと思って、思い切ってお話しします。私は中学時代に新山智弘さんからかなり酷いいじめを受けていました。裁判を起こしたのですが、新山さんは曖昧な態度に終始して、私に謝罪しようともしません。

お金の問題ではないのです。あの時は本当に悪かったと謝って欲しいし、あの時、新山さんと一緒になって私をいじめた他の人たちにも、全員、謝って欲しいんです。それで……」

そこからは、鵠沼が想定した線に沿った「殺人未遂」の話が展開した。

「学校からも新山さんの親からも……地元の名士です……その時は、私や親に圧力がかかって、ずっと黙っていました。黙っているしかなかったんです。真冬、トイレの個室で上から水をかけられて、風邪を引いて高熱を出したり、裸《はだか》にされて着ていた服を学校の廊下に投げ捨てられたり……恥ずかしいことを強制されたり、校舎の屋上から飛び降りろと迫られたり……こういういじめは全部、最長でも十年が時効らしいのですが、でも、自殺教唆については、殺人未遂が成立すれば時効が延びると知りましたから……」

「さ、殺人未遂？」

テレビを観た新山は目を剝いた。

「いやいやいや、おれはそんな……」

うろたえる新山に、鵠沼は冷静に指摘した。

「とは言っても新山さん。この訴状にも書いてありますよね。トイレの件も裸にされた件も自慰の件も、屋上での件も」

新山は突っかかってきた。

「あんた、どっちの味方だ？　おれの弁護士じゃねえのか？」

胸ぐらを摑《つか》まれた鵠沼は、その手をゆっくりと外した。

「もちろん、新山さんの弁護人ですよ。ですけど、あなたは村上さんの訴えを全否定するばかりで、彼女の言うことに耳を傾けたり、寄り添う姿勢が全然なかったでしょう？　それで村上さんは怒ったんです」

「あのさあ、そういうのも含めて、なんとかするのがアンタの役目じゃねえのかよ！」

しゃらくさい！　いじめをやっておいて相手の言い分をシャットアウトしろ、というアンタのやり方じゃあどうにもならないだろ、と言いたいのを堪《こら》えて、鵠沼は「まあまあ」と心にもない笑みを浮かべてみせた。

鵠沼はこの件を担当して、既に悟っていた。新山という男には「一分の理」もないのだと。この男の体面を守っても、この男から勇気を貰える奴など一人も居ない。

「とりあえず落ち着きましょう。感情的になってよいことは何もありません」

テレビには鳥飼の姿は映らない。表に出てはいけないことは判っていて、それを徹底している。事前にかなり打ち合わせしたのだろう。

村上和が主張を読み上げたあと、記者たちが質問を始めた。

「新山さんがいじめの加害者と言うことですが……今をときめくトップアスリートとして新山さんが有名になったから、それでいじめから十年も経った今、公表することにしたんですか？」

みんなが抱く疑問だが、意地悪な質問でもある。

「目的はお金ですか？」

村上さんは「いいえ」とキッパリ否定した。

「お金が欲しいのかと示談交渉をされましたが、ハッキリとお断りしてきましたから」

「お金ではない、とすると……目的はなんですか？」

「私だって人間だ、と言いたいって事です」

村上さんは質問者を見据《みす》えて、言った。

「新山さんは地元でとても力のある……昔は名主さんの家柄の大地主で、親戚《しんせき》には議員さんも居ます。そんな人に私みたいな『その辺』の人間が何か言えるなんて、考えもしませんでした。子供の頃から『新山さんちのお坊ちゃま』って扱いでしたから……だって、新山さんの一族は、交通違反しても警察に手を回して減点も罰金もナシ、新山さんが学校で何かやっても親御さんが校長に一言言えばお咎《とが》めナシだったんですよ。そんなことは、みんな知ってます」

「畜生！　村上和のやつ……村上和のくせに！　底辺の貧乏人が生意気なんだよ！」

新山はテレビの前で動物園のライオンのように動き回って、吠えた。

「裁判やろう！　こうなったら法廷で決着を付けてやる！　すべてをひっくり返してやる！　おい、鵠沼先生、いつまで争点整理とかやってるんだよ！　さっさと法廷に立って、コイツを撃破してくれよ！」

「お気持ちは判りますが……お金はあるんですか？　ついさっき、スポンサーが降りたって」

「裁判に勝てばスポンサーも戻ってくる！　そうだろ！　身の潔白を証明すればいいんじゃないのか？」

新山の自分勝手な言い分を、鵠沼は能面のような無表情で聞いている。

「鵠沼センセイよう、アンタ、もしかして、法廷に立つのが怖いんじゃねえの？　だからあれこれ理由を付けて法廷を開かせないようにしてるんだろ？」

「それはない！　まったく違う！」

鵠沼はムキになって反論した。たしかに過去、意に染まぬ弁護を強《し》いられたトラウマから「法廷恐怖症」なところはある。だが今、なかなか法廷審理に移れないのはひとえに争点整理が長引いているからであり、それは原告・村上和の本人訴訟のせいなのだ。鵠沼から鳥飼経由の「入れ知恵」については、もちろん、絶対に口にしない。

「いっそ記者会見を開いて、全部謝ってしまうのはどうですか？　男らしい、さすがアスリートだと言われて新山さんの株が上がるんじゃないかと思いますが」

「いいや駄目だ。そんなことしたら、おれに『イジメ野郎』ってイメージがついてしまうじゃないか！」

「だけど、あなたはいじめはやっていた、と認めましたよ？」

「それはウチウチの事だろ！　アンタがおれの弁護士だから言ったんだ。記者会見で全世界に向けて発信したんじゃないんだぜ！」

新山は、あくまでいじめの事実はない、という全否定は崩さないと言った。

「だから、村上を名誉毀損で訴えるんじゃないか！　いじめはやりましたって認めちまったら、名誉毀損の裁判は起こせないだろ？」

「わかりました。改めて確認しますが、新山さんとしてはやはり、いじめ自体を否定して、『いじめなんかありませんでした』と宣言して、真っ向から戦うんですね？」

「だから、そうしてくれって最初から言ってんだろ？　時効とか細けぇことでチマチマ争うなんてありえねえ。あの女がぶっちゃけた以上、和解ももうありえねえ」

「しかし……万一、いじめが『あった』ことがバレた場合、すべて逆効果になりますが」

「だからバレねえって。誰があんな女の言うことを信じる？　それに引き換え、おれは、世界的なアスリートというスターなんだぜ！」

そう言って新山は胸を張った。

「そうですか。その世界的なアスリートというイメージが台無しになるリスクは無視できないと思うんですけどねえ」

「いいからやれって。こうなったら正面突破だ！　アンタらみたいに世間の顔色を見てチマチマ作戦を立てるより、正面からドーンとぶつかる方がスポーツマンらしいだろ！　そう思わないか？」

新山はもう、自分の弁護士の言葉が耳に入らない。

「……あんまり、思わないですねえ」

「もういいよ。おれは自分で記者会見する。アンタはここでテレビを観ててくれ」

三日経ち、新山の記者会見が行われた。

村上の会見の後、即座にやるべきだったが、準備が必要だった。加えてその間に、世論が村上に同情して、一気に新山が悪者になってしまったのだ。今まで清潔で颯爽《さっそう》としたクリーンなアスリートのイメージで売ってきたからこそ、村上和による告発のダメージは大きかった。

この状況で何を言っても燃料投下にしかならないのでは……それを危惧《きぐ》した周囲の者たちは必死で記者会見を止めようとしたが、新山は聞く耳を持たなかった。新山のマネージャーから鵠沼に「センセイ、なんとかしてくださいよ」と泣きが入ったが、鵠沼も「無理ですね。新山さんはもう私の言うことなど聞いてくれません」と答えるしかない。

朝九時に、ホテルの会見場に新山が入ってきた。

司会者が「では、新山智弘さんの記者会見を始めます」と宣言して、最初に新山が自らの見解を述べ始めた。

「私、新山智弘は、断固として、自分の考えを貫いて、身の潔白を明らかにしたいと思います」

「謝罪会見じゃないんですか！」

と、記者席から声が飛んだ。

「村上和さんへの謝罪はしないんですか！」

「それが日本を代表するアスリートの態度ですか！」

「スポーツマンらしくない、とは思いませんか！」

こういう糾弾《きゅうだん》は、鵠沼も危惧していたことだ。たじたじとなっている新山を見て、鵠沼も思わず「だから言ったろ！」と叫んでしまった。

テレビの画面では記者たちによる質問が続いている。

「そもそも新山さんは、ご自分がいじめで有罪になる時効が過ぎ、いじめから生じた傷害罪の時効も過ぎて、自分が敗訴する筈がないと見極めたうえで、村上さんを名誉毀損で訴えたんでしょ？」

政治家に忖度《そんたく》する政治記者と違って、週刊誌やワイドショーの記者や取材担当者はまったく、なんの忖度もなく、容赦《ようしゃ》なく突っ込んでくる。

「ここ数日、スポーツ・マスコミの界隈《かいわい》で噂が広まってるのですが……新山さんは、出身大学の体育会陸上部、そこのチーム監督のパワハラ事件にも絡んでいたんじゃないですか？　監督のパワハラを煽って、陸上部のパワハラ体質を助長した主犯との噂ですが」

「誰がそんなことを言ってるんですか？　全然知りませんよ、そんなこと」

新山は途端《とたん》に落ち着かない様子になり、即座に全否定した。

「しかし二〇一九年に、新山さんの母校の、陸上部のチーム監督のパワハラ裁判がありましたよね？」

「だから何なんです？　あれはたしか、チーム監督の全面勝訴でしたよね？　勝訴なら監督は何も悪くなかったという証明でしょう？　それにボクはその件では無関係だし、裁判でも訴えられてなんかいませんよ」

「たしかに新山さんはパワハラ裁判の被告ではありません。でも、今回の村上さんの、過去のいじめ事件が明るみに出て、『新山さんって中学の頃から性格変わってなかったんだ』って声が多く上がってるのも事実ですよね」

「事実ですよねって、おれはそんな声、一切知らないよ！　誰がそんなこと言ってるんだ？」

「新山さん、あなたの母校で、ですよ」

だから知らねえって、と新山は目の前のテーブルにどん、と拳《こぶし》を打ち付けたが、ハッと我に返って取り繕《つくろ》った。

「いや、それはいろんな声はあるのでしょう。しかし私に後ろ暗いところはありません！　イジメの覚えなどないし、糾弾《きゅうだん》されるようなことは一切やっておりません！」

新山がそう言い切った途端に、会見場は怒号の嵐になった。記者たちは口々に新山に質問をぶつけるが、それはほとんど罵詈《ばり》雑言《ぞうごん》と変わらない。

「どういうことですか？」

「いじめ告発はうそだということですか？」

「いい加減にしろ！」

「このうそつきが！」

司会者の「発言はお一人ずつ挙手して社名を名乗ってから……」という声もかき消され
そうだ。

しかし……ダスターコート姿の男二人と制服警官三人の合計五人が会場に入ってくると、場の空気は一変した。

「警視庁捜査一課のものです。新山智弘さんに任意同行をお願いしに参りました」

ダスターコートの二人は刑事で、刑事ドラマと同じように警察手帳を出して見せた。

その手つきなどがドラマそっくりだったので、これは新山側が盛り上げようと仕組んだドッキリなのではないかという雰囲気《ふんいき》になり、記者たちはざわついた。

「ええと、あのう……これは、いわゆるドッキリですか？」

という質問に対して、司会者は「いえ……そういうことは予定しておりません」とオロオロ答えるのが精一杯だ。

「我々は本物です。ご同行願います」

記者会見の途中だったが、新山は任意同行に応じるしかなかった。こうなったら拒否はできない。事実上の逮捕《たいほ》連行なのだ。彼は、刑事たちに連れられて、会場を出て行った。

テレビの中継カメラは、新山の打ちひしがれた横顔をアップにした。

＊

「任意同行からの無罪放免は、ほとんどないんだよ。任意同行の『任意』は多くの場合、形だけだ。現場で逮捕状を見せて捕まえるか、任同で取調室に入れて逮捕状を執行するかの違いでしかない」

鵠沼の事務所には鳥飼がいた。

鳥飼の助言に基づいて村上さんが新山を刑事告訴して、警察は逮捕に踏み切ったのだ。にっちもさっちもいかなくなった新山は、「全面謝罪」をした上で「選手引退」を宣言した。

「今や新山の件はあれこれほじくり出されて大炎上だ。それで、さすがの新山も心が折れて、謝罪して、村上さんには今までとは違う態度で和解を求めている……だったら最初からそうしておけば良かったのにね」

そうですね、と鳥飼も頷いた。

「とはいえ、今後も刑事事件の捜査は進む。従って、新山が起こした村上さんへの名誉毀損裁判は、当然、取り下げになった。村上さんは本当の事しか訴えていないから。したがって、ボクもお役御免。残念！　儲け損なった」

そう言う鵠沼は、だがスッキリした表情だ。

「いやあ、二律背反《にりつはいはん》で、苦しかったんだよ。行きがかり上とは言え、あんな依頼人の弁護はもう二度とゴメンだ」

「私が強引に村上さんの味方についたことがいけなかったんですよね」

鳥飼は妙に殊勝《しゅしょう》な態度で言った。

「いいや。弁護士として社会正義を実現しようとするなら、君の選択しかなかった。君は間違っていない」

と言った鵠沼は、「……と、言うしかないか」と付け足した。

「ま、しかし、このゴタゴタで、仕事を中断してしまった二件があるぞ。あのチャラ男が、付き合っていた女性を対向車に轢かせてしまった交通事故と、一見単純に見えるが実は裏がありそうな選挙違反の件。あの二件は君の担当だったな。引き続き頑張ってくれたまえ」

鵠沼はこれ幸いとばかり仕事を鳥飼に押しつけた。

「それに村上さんからの損害賠償請求訴訟も続く。そっちも是非君にお願いする。刑事で新山が有罪になれば、損害賠償請求訴訟は勝ったも同然。君はラクな仕事してるねえ」

これでボクは左うちわ、鵜《う》飼いの鵜匠になった気分だ、と高笑いする鵠沼に鳥飼は言った。

「鵜匠だって大変なんですよ？　鵜のゴキゲンを取ったりして」

「鵜より君の機嫌《きげん》を取る方が簡単だろう？　言葉が通じるんだから」

だが鳥飼は「そういうとこですよ」と言い返した。

「そうやってセンセイはコミュニケーションってものを舐《な》めてるから、未《いま》だに独身なんじゃないんですか？」

ひと言で鵠沼は切って捨てられてしまった。

第三話

人生ロンダリングの巻

鵠沼《くげぬま》法律事務所の営業はその後順調だった。アスリート界のスター・新山智弘《にいやまともひろ》のいじめスキャンダルが刑事事件に発展したのを機に、鵠沼は弁護から降りた。いじめの被害者、村上和《むらかみかず》の起こした損害賠償請求訴訟《そしょう》は事務所に復帰した鳥飼《とりかい》の担当で続いている。経営的には軌道に乗ったといって良いだろう。

「鳥飼さん、新山智弘に対する損害賠償請求訴訟は、もう勝ったも同然ですね。新山は全面謝罪して選手も引退、逮捕《たいほ》もされて刑事事件として捜査も進んでいます。量刑を軽くして貰《もら》うために再度和解を持ち出してくるでしょう。しかも向こうが低姿勢で」

鵠沼は朝のコーヒーを飲みながら余裕の笑みを浮かべた。

しかし……鵠沼は大事な事を忘れていた。

「で、あのう鵠沼先生、例の件ですが」

鳥飼は改まった口調で切り出した。

「例の件って、なんでしたっけ？」

「はい。私が担当している例の二件のことです」

鵠沼は少し間を置いて、「ああ」と思い出すフリをした。選挙違反の件と交通事故の件です、と鳥飼に言われても鵠沼はすぐには思い出せない。

「先生はお忙しいからアレなんだと思いますけど、選挙違反の件は『選挙事務所で酒を振るまったら選挙違反だという怪文書を撒《ま》かれた。連座制を適用されたら失職してしまう』という内容です。交通事故の件は『女グセの悪い男・加藤《かとう》が追いすがる前カノ石室《いしむろ》を車から振り落として対向車に轢《ひ》かせてしまった』件です。思い出していただけましたか？」

そこまで言われると、鵠沼もその二件を記憶の底からなんとかすくい上げることに成功した。

「選挙違反の件はともかく、交通事故の件は事件としては単純ではないのですか？」

そう尋《たず》ねる鵠沼に鳥飼は答えた。

「それがそうでもないんです」

「この件の弁護は鳥飼さん、最初から気乗り薄でしたよね？　もしかして依頼を断ってしまったとか？」

だが、鳥飼の返事は鵠沼の予想を上回る危険なものだった。

「断ってはいません。ただ、加害者の加藤があまりに悪質なので、被害者側である石室さんの弁護をすることを、一度は考えました」

「駄目だよそれは！」

鵠沼は思わず声を上げた。

「そんなことをしたら、今度こそ利益相反になるでしょう？　新山の件ではバレないようにあれほど神経を使ったのに」

「それは大丈夫です。そうはならないようにしたんです」

鳥飼は、その経緯を説明した。

鳥飼が手がけていた「加藤対石室」の示談の件は、暗礁《あんしょう》に乗り上げてしまった。別れ話がこじれ、チャラ男・加藤政信《まさのぶ》が、運転する車に追いすがった石室加奈子《かなこ》を振り落として逃走し大怪我《おおけが》をさせた事件だが、お互いが「ストーカー女」「ヤリ逃げ男」と罵倒《ばとう》し合った挙《あ》げ句《く》、和解の条件すら出せていない状態だった。

しかし依頼人の加藤としては裁判だけは避《さ》けたい。示談を成立させて「自動車の運転により人を死傷させる行為《こうい》等の処罰《しょばつ》に関する法律」（通称「自動車運転死傷行為処罰法」）第二条違反の罪も軽くして欲しい一心だ。それでいて、被害者の石室加奈子に渡す慰謝料《いしゃりょう》はとことんケチりたい。

一方、石室加奈子は裁判も辞さない姿勢に揺るぎは無い。慰謝料は別れ話の件も含めて大枚を毟《むし》りとるつもりでいる。もちろん、自分のストーカー行為はまったく認めないという強気の姿勢だ。

示談交渉は完全に膠着《こうちゃく》状態なので、こうなると民事裁判を起こすしかない。

「だから、裁判だけはやりたくないんだって。最初からそう言ってるでしょう！」

鳥飼に面談するため自宅兼オフィスにやってきた依頼人・加藤政信は目を吊《つ》り上げ、口から唾《つば》を飛ばして文句を言った。半《なか》ばうんざりしつつ鳥飼も言った。

「だったら加藤さん、慰謝料をもっと積むとか、被害者の石室さんに全面的に謝るとか、石室さんがストーカー行為に及んでいたというあなたの主張を取り下げるとか、とにかくなにか譲歩しないとまったく動きませんよ。だって石室さんは裁判を起こす気マンマンなんですから」

「そうか。なるほど。あの女が、裁判なんか起こしたくなくなるような状況を作ればいいのか……」

加藤は考え込んだ。

「たとえば……あの女が、急にカネが入り用になるように仕向けるとか？　それも、かなりまとまった額が……」

「ちょっと、やめてくださいよ、加藤さん！」

鳥飼は慌てて注意した。

「ウラから手を回して石室さんを困らせようとか、そういうことを計画してはいけません！」

「いやいや、そんなことが出来るんだったら、ここに来て相談なんかしてないよ。最初からあの女を脅《おど》すとか、そういう手もあるじゃないですか？　だけど今まで、それは使わなかったんだから……」

とは言え、加藤はなにか、非合法な事を考えている気配がある。

「ダメですよ。石室さんの身に何かあったら、私、警察に行ってあなたが良からぬことを企《たくら》んでいたって証言しますよ！」

「ほほう、そういうことを言う？　だったら鳥飼先生、あんたが警察に駆け込む前に、あんたのことも一緒に……」

加藤は怖ろしい顔つきになり鳥飼を睨《にら》みつけた。

百戦錬磨の弁護士なら、反社の脅迫などものともせず即座にやり返すところだろうが……鳥飼には無理だった。

彼女の顔が恐怖に引き攣《つ》ったのを見た加藤は、満足そうに大笑いして手を振った。

「いやだなあ！　冗談《じょうだん》ですよ。おれにそんな力も根性もないし。まさかそんなことするワケないじゃないですか」

そう言って冗談めかす加藤に鳥飼は逆に危険を感じ、ここはむしろ相手方である石室加奈子を、依頼人である加藤から守らねばと思うようになった……。


「……なるほどね」

鳥飼の説明を聞いた鵠沼は、一応は納得した。

「しかし鳥飼さん、あなた自身が被害者・石室さんの弁護をすると利益相反になってしまう」

「はい。ですから利益相反にならないようにして、その上で、石室さんの安全も守れる方法を考えました」

「一体何をやったんです？」

「結論から言いますと、こちらから加藤の依頼を断ることもなく、従って違約金を加藤に払う必要もなく、それでいて加藤が自発的に、石室さんにも納得していただける金額で和解する、という結末に至りました」

「おやおや、やるじゃないですか、鳥飼さん」

「私、やる時はやるんです」

鳥飼は、その顛末《てんまつ》を武勇伝のように、鼻をピクピクさせながら語り始めた。

「まず加害者・加藤は、断られても断られても執拗《しつよう》に、被害者の石室さんを入院先の病室にお見舞いに行きたいと再三申し入れていました。しかし石室さんは、加藤に激怒しています。絶対に会いたくないと拒否していたのですが」

「まあ、加藤にしてみれば石室さんに近づくなという接近禁止命令も出ていませんからね」

「ですが、その『お見舞いに行きたい』という『お願い』があまりにも執拗で、すでに『お願い』じゃなくて、ほとんど『要求』『強要』になってきたので、これはなにかあるな、と私は思ったんです。今、加藤が石室さんに是非《ぜひ》とも会わなきゃいけない理由があるはずだと」

判《わか》ります？　と鳥飼は鵠沼に訊《き》いた。

「加藤には、すでに新しいカノジョが居ます。それが誰《だれ》かは、ちょっと身辺調査をしたらすぐに判りました。要するに、加藤はその女性に乗り換えるために、石室さんと別れようとしたので、話が拗《こじ》れたわけです」

そこで一計を案じたという鳥飼は、嫌がる石室を説得して、加藤が見舞いに来ることを承諾《しょうだく》させた。

「そのお見舞いの一部始終をスマホで録画することも加藤に了承させました。隠し録りでは証拠採用されない場合があるので、『万が一、話がこじれたときに「言った言わない」にならないために』などともっともらしい理由を付けて、撮影することを事前に承諾させたんです」

鳥飼は病院側にも根回しをした。ちょっと内密な話なので、と頼んで、加藤が見舞いに来る時間帯、看護師が石室さんの個室に入ってこないようにお願いしておいた。点滴はセットすれば、輸液が全部落ちるまでそのままでいい。心電図などのバイタルもナースステーションでモニターできるので、長時間でなければ問題はない。

鳥飼は、さも加藤側の弁護士として加藤の要望を交渉の末に叶《かな》えました、という感じを匂《にお》わせ、加藤と病院前で待ち合わせて、一緒に病室に入った。

「では、記録として残すために、録画しますね」

スマホをスタンドにセットして録画開始をクリックした鳥飼は、病室の隅《すみ》に座った。それを加藤は見咎《みとが》めた。

「先生。ずっとここに居るつもりですか？」

「いけませんか？　私も弁護士として、トラブルが起きないように同席したいのですけど」

「トラブル？　だってオレ、いや、私は、石室さんのお見舞いに来たんですよ？」

加藤はベッドのサイドテーブルにフルーツバスケットを置いて、ベッド脇《わき》に座った。

「なのに、こんな風に録画とかされちゃって……悪い事なんか一切出来ないし、するつもりもないってのに」

そう言って懸命《けんめい》に自分の誠実さをアピールする加藤に、石室さんは冷たく言った。

「じゃあ、何しに来たの？　私はあんたに二度と会いたくないって言ってるのに」

「いやだからその、事故についてはいろいろ誤解もあるみたいだけど、とにかく加奈子、いや石室さん、あなたには早く良くなって欲しいという気持ちでいっぱいだから……」

もちろん石室さんの顔は強《こわ》ばっている。しかし加藤からは、色仕掛けで彼女に接近したい感じがムンムンと漂ってくる。それは個室の隅にいる鳥飼にもハッキリ伝わってくるほどだ。

加藤の手が伸びて、石室さんの手に触れ、しっかりと握り締めた、その時。

個室の引き戸がガラガラッ！　と勢いよく開いた。そこには病院にはまったくそぐわない、金髪でヒョウ柄《がら》ドレスの女が立っていた。七〇年代ファッションかよと言いたくなるような大きなサングラスをかけている。

女はハイヒールの音をカツカツさせて入ってきた。そのヒョウ柄服は女の巨乳なカラダにぴったりフィットしている。胸の大きさと谷間が凄《すご》く強調されて、まるで男性週刊誌のグラビアから抜け出てきたような、超セクシーなスタイルだ。品はないが性的魅力だけは凄い。

「カトちゃんさあ！」

酒焼けしたしゃがれ声で、女は加藤に指を突きつけた。

「あんた、まだその女に未練があんの？　サイッテーだね！」

そう言われた加藤は全身を硬直させて反射的に立ち上がった。

「いやそれは……違うんだ！」

「だからまだ好きなのか？　って訊いてんだよ！」

そっちのあんたはどうなのよ？　え？　ヨリを戻す気？　と訊かれた石室さんは冷静に言い返した。

「ありませんよ、そんなつもりなんて。この人のこと、もう私はなーんとも思ってないし、むしろ、憎んでますから」

「おいネル！　お前どうしてここに来たんだ？」

加藤は金髪ヒョウ柄女をネルと呼んだ。

「来ちゃ悪い？　なんかね、カトちゃんがその女とヨリを戻そうとしてる、ってハナシを聞いたからさ。こりゃ潮時《しおどき》だとあたしも思ったわけ」

この男にはいい加減あたしもアイソが尽《つ》きている、とネルは言った。

「お、お前、なに言ってるんだ?」

加藤は、自分の目の前の急展開が理解出来ていない。

「カトちゃんさあ、アンタ、ロクでもない友達に何でもかんでもベラベラ喋《しゃべ》らない方がイイよ。アイツらバカだから。何でもダダ漏《も》れだから。アンタ、その石室さんとうまいことヨリを戻して、交通事故の慰謝料も治療費《ちりょうひ》もチャラにして貰おうって魂胆《こんたん》なんでしょ? 女は惚《ほ》れた相手からカネは取らねえ、取れるわけがねえ! ってイキってたそうじゃんか」

「あの野郎……口が軽いのにも程がある」

下心がバレた加藤は悔しさで唇《くちびる》を噛《か》んだ。

「でさあ、あたしとしては、そういうことでアンタがあたしを切るつもりなら、こっちからアンタのこと、切ってやろうと思ってさ」

「……ええとつまり、加藤さんはたった今、そちらのネルさんと、石室加奈子さんのお二人から同時に拒絶されて、両方からフラれてしまったという事なんでしょうか?」

ザクザクと傷口に塩をすり込むように、鳥飼がのほほんとした口調で訊いた。

「二兎《にと》を追うもの、一兎をも得ず?」

加藤は呆然《ぼうぜん》として言葉を失っている。ネルが言った。

「難しいことは判んないけど、要するにそういうこと。ま、アタシの場合はカトちゃんにあんまりお金使ってないからイイけどね。もう別れるんだし」

鳥飼にそう言ったネルは石室加奈子に向き直った。

「こんな男でよければ、熨斗《のし》つけてあんたに返すよ」

「要《い》りません！　私だって、ヨリを戻してなし崩しにされるのなんて真っ平御免だから！」

「あはははは、どうよカトちゃん？　このひとにもバレてるよ！　アンタの本性」

そこで、加藤はキレた。

「畜生！　このアマ余計なことしやがって！」

加藤がキレて、ネルに摑《つか》みかかった。広くはない個室で、二股男とヒョウ柄女の激しい取《と》っ組《く》み合いが始まった。

ががっちゃがっちゃんと派手《はで》に金属がぶつかり合う音がして、投げ飛ばされたネルがベッドサイドの医療機器に激突した。

その衝撃で石室さんのバイタルを測定しているケーブルが抜け、異常を示す警報が大音量で鳴り始めた。

わずか数秒後、血相を変えた看護師と医師、そして病院の警備員がすっ飛んで来た。

「石室さん、大丈夫ですか！」

看護師はバイタル・モニターのケーブルが抜けているのをすぐに見つけて修復し、医師は加藤を見咎《みとが》めた。

「なんだ君は！　見舞いというのに何たる狼藉《ろうぜき》だ！」

加藤は警備員に連れ出され、ネルもこそこそと逃げるように出て行った。

看護師に点滴のチェックをされながら、鳥飼と石室はニッコリと目と目で合図を交《か》わした……。

「それが決定打になって、加藤は示談に応じると言い出しました。あの映像は加藤にとって決定的なマイナスですから。裁判になれば負けるどころか、下手《へた》すれば器物損壊とか、まあそんな罪状で捕まりかねない状況でしたし。で、そこからは私、弁護士として通常の和解交渉をして、結果的に石室さんに有利となった交渉をまとめました」

そう言った鳥飼は立ち上がると鵠沼に深々と頭を下げた。

「鵠沼先生の最初の目論見《もくろみ》からは儲《もう》けが大幅に減りました。申し訳ありませんでした」

「いいです。交渉決裂よりはずっと良かったです」

鵠沼はそう言った。

「というか、次善の策としては完璧《かんぺき》に近い処理だったんじゃないでしょうか」

鵠沼としてはそう言うしかない。新山の件では、彼自身も利益相反ギリギリなことをしたのだから。

「それでですね、もう一件の選挙違反については、梶本《かじもと》議員にいつもついてくる秘書だかなんだかよく判らない細井加世子《ほそいかよこ》とかいうヒトがやたらに口を出してきて……いろんな意味で私には荷が重いです。こちらは是非とも、優秀な鵠沼先生にご担当戴きたいのですが」

「そうねえ……実力充分の君にしてそういうことなら……仕方がないねえ」

鵠沼は持ち上げられて気を良くしている。

「しかし鳥飼さん、その前に、広告第三弾をどうするか、一緒に考えましょうよ。明日のことを考えるのも戦略として大事です」

「ええ？　まだやるんですか？　私としては、そろそろ普通のペースで仕事がしたいと思うのですけど……」

嫌がる鳥飼にはお構いなしに、鵠沼は次の広告案を思いついてしまった。

「そうだ！　次の文案は、『人生やり直し！　悪いことしたヤツ心配無用！　過去を清算しよう！　悪いことしたヤツ、こっちへおいで！』でいこう！」

「でも先生、前回の広告第二弾は『人生やり直し！　過去をリセット、新たなスタートをあなたに！』でしたよ。第一弾は『悪いことをしても大丈夫！　ウチが弁護します！　どんとこい二度目の人生！』だったし……早くもマンネリですか？」

「うーん。しかし、広告屋を頼むとお金がかかるし……」

＊

数日後。

朝一番に、鵠沼事務所を美女と政治家が訪れた。選挙違反をなんとかしてくれ、と泣きついてきた依頼人の参議院議員・梶本鋭一《えいいち》と、その選挙を事実上取り仕切っているという、梶本の秘書のようなそうでないような、よく判らない存在の細井加世子がまたやって来たのだ。

「うちの先生の件、その後どうなっているんですか？　一刻も早くなんとかしていただかないとマスコミに叩《たた》かれて、世間からも誤解されてしまいますっ！」

鵠沼も鳥飼もうんざりした。細井加世子は美人だが、やたら攻撃的で口数が多い。

「そもそもウチが対立候補の大石宙太郎《おおいしちゅうたろう》陣営から違反だと難癖《なんくせ》をつけられているのは『選挙事務所で酒を振る舞った』程度のことですよ？『あ、ゴメンね！』で済む話なのに、どうしてこんなに時間がかかってるんですか？　あちらさんは、自分たちの候補がウチの先生に選挙で負けた腹いせにウダウダ言ってるだけでしょう？」

梶本議員より口数が多い細井加世子はふっくらとしたセクシーな唇《くちびる》を動かして、よく喋《しゃべ》る。潤《うる》んだ大きな目、とおった鼻筋、そして長いサラサラツヤツヤ髪のスレンダーな美女なのに、とにかくよく喋る。しかもその口調が威丈高に響くのが非常に苛立《いらだ》たしい。

「時間がかかっているのは申し訳ないと思います。ですが、調べる過程で、梶本先生の事務所にですね、ある宗教団体からの資金的・人員的な支援があった件が判明しました。まずそれについて精査し、どこからも文句が出ないようクリアにしておかないと、敵陣営の揺さぶりに耐《た》えられないと思いまして」

「あら、支援を受けることの何が問題だとおっしゃるの？　ねえセンセイ、そんなことないわよねえ！」

細井加世子は隣に座る梶本議員を見た。強烈な流し目といっていい。途端《とたん》に梶本議員の謹厳な表情が、あたかも日向《ひなた》においたバターのようにでれっと溶け崩れた。この二人は、ただの仲ではない……鵠沼も鳥飼も一瞬でそれを理解した。加世子の全身からは妖《あや》しいフエロモンが立ちのぼり、梶本議員の目には星とハートが浮かんでいる。

「そうだとも加世……いや細井君。君が言うように、何の問題もない」

加世子の言うことにいちいち頷《うなず》く梶本議員。

「そうですよ。センセイのおっしゃるとおりなのよ。宗教団体による応援に、なにひとつ問題はありません！　なんと言っても日本国憲法が、思想信条宗教の自由を保障しているんですから」

ねえ？　と彼女は再び梶本議員に流し目をくれた。またしても「そうそう」と相槌《あいづち》を打つ議員。

「とにかく早く敵陣営を黙らせてくださいな。こちらだって大石陣営の事務所がいつまでもウダウダ言ってくるのが鬱陶《うっとう》しくて仕方がないんです。大体なんなんですか？　落選しているくせに未練がましく。うちの先生の今後の議員活動に支障も出ますから、早くどうにかしてくださいね！」

ね、と彼女はまたしても議員に同意を求めた。

「その通りです。こちらは潔白だし、後ろ暗いところは何もありません」

梶本議員はキッパリと言った。

「判りました。私がこれまで調べた限りでは相手方の大石陣営にも、正面切って梶本先生の不正の内容を明らかにできない事情がありそうですからねえ。だから怪文書を撒くぐらいのことしか出来ないでいるのでしょう。至急、取りかかります」

と鵠沼が言って、二人を帰そうとしたところに、「御免《ごめん》。頼もう」と、なんだか道場破りのような声が玄関から聞こえた。

「お願い申す」

時代劇みたいな物言いとその声には、どこかで聞き覚えがある。

「あ、お客さんですよ」

鳥飼がホッとしたような声を出した。新しい客はまさに助け船だ。

「ではでは、そういうことで」

鵠沼と鳥飼は、梶本議員と細井加世子を追い出しにかかった。

「どうぞ、梶本先生と細井さん、お帰りはあちらです」

二人を玄関口に見送りがてら、新しい客を迎えに出ると……そこに立っていたのは背が高くてがっしりした体躯《たいく》の、みるからに男前の壮年だった。若くはないが中年でもない感じ。若作りだが老《ふ》けた印象はない。目が大きくて鋭く、低い声はよくとおって腹に響く。そしてなんとも言えない華のある人物だ。照明も当たっていないのに、そこだけが明るく輝いて見える。

「電話にて面会をお願いした、花山大助《はなやまだいすけ》と申します」

入れ違いに帰ろうとした細井加世子も、どこかで見たことがあるというようなハッとした表情になって、この新しい来客を凝視《ぎょうし》した。

応対に出ている鵠沼に至っては、あからさまな驚愕《きょうがく》の表情で固まっている。だが鳥飼だけは特になんの反応も見せずに「こちらへどうぞ」と案内するので、花山大助と名乗った男の顔に、これは意外だ、というような動揺が走った。

「あ、失礼。判りにくかったかもしれませんな。花山大助は本名で……世間的には月影英《つきかげひで》之介《のすけ》の名前の方が、人口に膾炙《かいしゃ》しております」

中年にしては若々しい外見に似合わず、口から出る言葉遣いは老人のようだ。

「え？　月影英之介？　やっぱり！　あの……」

細井加世子が食いついてきて居座る気配を見せたので、鵠沼は慌てて彼女たちを玄関から押し出して引き戸を閉めた。

しかし、「月影」という名前を聞いても、依然として鳥飼の反応はない。

「そうですか。月影さん、こと花山さんですね……お待ちしておりました。どうぞ」

鳥飼があっさりと案内するのに、花山はさらに訝《いぶか》しげな表情になった。

「あなた、私のことは御存知《ごぞんじ》ない？」

「さあ？　有名な方なんですか？」

鳥飼に首を傾《かし》げられて有名ですかと問われた花山は、「問われて言うのもおこがましいが、とここは言いたいところだが……いやいや、やめておきましょう」と苦笑した。そこで固まっていた鵠沼が、やっと鳥飼に意見した。

「きみ知らないの？　月影さんだよ！　あの月影さんだよ？　ささ、どうぞこちらに」

鵠沼は緊張のあまりかロボットのようにギクシャクした動きになり、月影と名乗る男を丁重《ていちょう》に室内に案内した。

応接室に入った途端、鵠沼はデスクの上の書類の山を猛然とひっくり返し始めた。

「あった！　月影さん、これに、さ、サインを戴《いただ》けますか！」

鵠沼が差し出しているのは黄色い法律用箋《ようせん》だ。

そうこなくちゃ、とばかりに微笑《ほほえ》んだ月影は快諾《かいだく》した。

「はいはい、いいですよ。鵠沼先生へ、と添えますか？」

「ぜ、是非っ！」

有名人に遭遇《そうぐう》して目がテンになり、緊張と混乱、そして深い敬愛が入り混じった態度の鵠沼を見た月影こと花山は、至極満足そうな笑みを浮かべて、用箋に持参したサインペンを走らせた。

書き慣れた見事なシグネチャーがそこにあった。

「ああ、き、君、悪いが月影先生にお茶をお出しして」

鵠沼の声は緊張のあまり裏返っている。

「いやいや鵠沼先生、お構いなく」

月影は鷹揚《おうよう》に応じた。

「で、あのう、先生をどうお呼びすればいいですか？　月影英之介さんか、ご本名の花山大助さんか」

「それはどちらでも。鵠沼先生が呼びやすい方で結構ですよ」

「は、はい。では、月影先生」

「京都の撮影所じゃないんだから、センセイはやめてください」

そこに鳥飼がお茶を淹《い》れて持ってきた。

「鳥飼さん、こちら、日本を代表する時代劇のスターであらせられます。サムライ、剣豪、徳川《とくがわ》将軍、ヒマな旗本、戦国武将、新撰組《しんせんぐみ》、倒幕の志士、素浪人などなど時代劇といえば月影英之介。その月影英之介さん、そのひとだ！」

どうも、と大スターが謙虚《けんきょ》に頭を下げたが、鳥飼はキョトンとしたままだ。

「……済みません。私、貧乏で今、家にテレビがなくて……子供の頃《ころ》も、親が厳しくてテレビを見せてくれなくて」

全然存じ上げません、と鳥飼はペコリと頭を下げた。

「いや、それはいいのです。最近の若い方はテレビをご覧にならないし」

月影は余裕の表情でカッカッカ！　と高笑いした。

「いやいやそれでね、鵠沼センセイ」

月影は鵠沼に向き合った。

「実は先日、ＭＨＫからオファーがありまして。ドラマではなく、ほれ、『人にヒストリーあり』って番組ってあるでしょう？　知りませんか？」

「有名人の祖先を調べ上げて褒《ほ》めまくる番組ですよね？」

「そうそう、お笑い芸人の今俵《いまだわら》ナントカってのと局アナのかわい子ちゃんが司会をしている。私はあの局アナ……藤枝美加子《ふじえだみかこ》ちゃんのファンでしてね、『人にヒストリーあり』は毎回欠《か》かさず見てたんだ。前に美加子ちゃんからインタビューを受けたこともある。そうしたらなんと、まさにその番組から出ませんか、というオファーが来て……私は二つ返事でそのオファーを受けちゃって、その後、美加子ちゃんとプライベートで食事をしたところを激写されて、写真週刊誌に載《の》ったりしたんだけど……」

大スターはちょっと恥《は》ずかしそうに頭を掻《か》いた。月影さんが女子アナにほの字とは意外な話だ。

「いやいやそれがメインじゃないんです。あの番組って、文句なしの有名人じゃないと出られないでしょ。これでおれもようやく、万人が認める有名人になったんだ、と思うと嬉《うれ》しくてね、ついオッケーしちゃったんだけど」

月影は出されたお茶をずずっと飲んだ。

「だけど本当のところ、ウチの血筋って、爺《じい》さんとかホント、ろくでもないんだよね」

「ろくでもないとおっしゃるのは……」

「あけすけに言うと、悪もワルな家系だと判明しちゃったのよ。まあ、私のオヤジがワルなのは知ってましたけど」

「え？　でも先生のお父上は映画俳優で時代劇に数多く出ていた……」

「そう。下柳敬太郎《しもやなぎけいたろう》って名前で。でも実はあまり売れてなくて、ふて腐《くさ》れて博打《ばくち》と酒に溺《おぼ》れて、ヤクザに借金して、返せなくなったあげく、自分がヤクザみたいなコトまでし始めてました。要するに半分役者、半分ヤクザです。かといって仁侠《にんきょう》映画の時代になっても、本物のヤクザは映画のヤクザとはまた違うってんで、オヤジは相変わらず売れないままです。映画のヤクザは美化してますからね。それでオヤジはますます映画の仕事から離れていって、最後は百%ヤクザでした。元が役者だけに脅すのが上手《うま》いって重宝されて」

それを聞かされた鵠沼は困惑した。それじゃあテレビには出せないではないか。

「いや、ここまではね、マスコミも知ってることなんだけど、そこはそれ、知っているけど月影英之介の父親はヤクザ！　とかいちいち報じませんから。アイドルのカワイコちゃんがヤクザの娘だったらネタになるけど、チャンバラのスターがヤクザの息子だったからって、話題性に乏《とぼ》しいからね」

問題はこの先なんです、と月影は立ち上がって部屋の中をウロウロし始めた。

月影は近年、現代劇にも出るようになって、渋《しぶ》い弁護士が当たり役になっている。だから「弁護士らしさ」で言えば、鵠沼より月影の方がよほど「弁護士」っぽく見えてしまう。

「そんなオヤジの連れ合い、つまり私の母親ですが、これが、ハッキリ言って昔の赤線にいたヒトで。オヤジが惚れて身請《みう》けしたとかで。ま、それもいいんです。そこを突っ込むと、今のご時世、突っ込む方が悪いってことになりますから。しかし本当の問題は、オヤジのオヤジ、つまり私の祖父なんです」

大スターは眉根《まゆね》に深い皺《しわ》を寄せて如何《いか》にも深刻な顔をして見せた。

「私の祖父は花山清太郎《せいたろう》と言いますが、この爺さんが、これがもうどうしようもない悪党で。戦前の満州《まんしゅう》や上海《シャンハイ》で麻薬を売り捌《さば》いたり人身売買に荷担したり、軍の依頼で偽札《にせさつ》を作って中国経済を混乱させたり……当時の現地で暗躍《あんやく》していた犯罪組織と組んで、かなりの悪事を働いていたそうなんです。当然そういう世界だから、裏切者をシメたり始末したり東シナ海に沈めたりは日常茶飯事で」

「あの……それって、殺したって事ですか？」

「はいそうです」

月影英之介はあっけらかんと認めた。

「しかし先生。そういうことでしたらとても放送出来ませんよね。かと言ってお祖父《じい》さんの部分をまるまるスルーするのはかなり不自然ですし……」

鵠沼は常識的なことを言ったが、すかさず月影が反論した。

「だけどセンセイ。私はもう、出るって言っちゃったんだよ。それに、打ち合わせの席でいろいろ話しただけなのに、スタッフが物凄く巧妙なヨイショをしてくるし。『月影先生のお父様が出た映画、観《み》てきましたよ！』とか言われてヤクザなオヤジを褒められるとさあ、気分が良くなっちゃってさあ、うまくノセられたって事もあるけど、その場でつい、いろいろアドリブを、ね」

「アドリブって……」

鳥飼が思わず訊いた。

「ああ、自分の親とかの経歴について、ね。調子のいいことばっかり並べて出任せを言っちゃったんだよ。祖先は清和源氏《せいわげんじ》で、鎌倉《かまくら》幕府成立の立役者の一人だった梶原景時《かじわらかげとき》が遠縁だとかなんとか」

「えっ！　ウソを言ったんですか？」

鳥飼が目を丸くした。

「ああ、根も葉もないウソ。調べたことないし。梶原景時が清和源氏かどうか知らないし。オヤジからは、ウチは大昔は足軽《あしがる》だったけど侍《さむらい》では食えなくなって百姓《ひやくしよう》になったとは聞いてたけど、それを盛りまくって、御一新まで徳川の御家人だったとかさあ、かなり言っちゃったのよ、根拠もないことを。だけど、時代劇で正義のヒーローをやってる関係上、ウソをついちゃったって事にはしたくないんだ。月影英之介はウソは申しません！　ってことで」

「ということはつまり……MHKのスタッフに話したデマカセと整合性が取れるような、見映《みば》えのする家系をでっち上げろというご依頼ですか？」

「如何にも左様、その通りです」

大スターは、あたかも大政奉還《たいせいほうかん》の決定を幕臣に告げる徳川慶喜《よしのぶ》を演じるかのように、重々しく頷いた。

「ただし、最近は誰でもネットで簡単に調べられるから、すぐにバレるウソは絶対に困るんだ。嘘《うそ》がバレるとますます面倒な事になるし。だから、くれぐれもネットで炎上しないように、巧妙にやっていただきたい。家系の調査ということなら、エビデンスっていうのかな？　具体的な証拠も必要であろうから、それも併《あわ》せてでっち上げていただきたい」

「それも併せてって、具体的な古文書とか遺跡とか、場合によっちゃお墓まででっち上げろって事ですか？　ＭＨＫの取材班は、学者の助言を元に、かなりきっちりウラ取りしますよね？」

「そう。彼らが調べに行く前に、すべて用意して欲しいんだ」

月影英之介は、映画『七人の侍』の菊千代《きくちよ》が、侍の仲間に入りたいばかりに百姓の出を偽り、侍の家系をでっち上げたようなことを言い出した。

「しかし……自分の祖先を創作することは、自分の人生を変えてしまうって事です。これは人生ロンダリングじゃないですか！　これって弁護士の仕事なのかなあ……？」

鵠沼は首を傾げた。

「月影さん、そういうことを専門にする探偵みたいな人がいるでしょう？　こういう依頼は、むしろそちらにされては？」

「だって先生。ここの広告には『人生やり直し！　悪いことしたヤツ、こっちへおいで！』とありましたよ。まさにこれは、過去を清算しよう！　悪いことしたヤツ心配無用！　人生ロンダリングのススメでしょう？　……こう言っちゃなんだけど」

鳥飼がとめたにもかかわらず、鵠沼は結局この広告を打っていた。心底、嫌そうな表情の鳥飼に気づく様子もなく、スポーツ新聞を広げたまま月影は続けた。

「自分の履歴《りれき》というか経歴というか、過去をまったく作り替えてプロフィールとして公表してる芸能人は、大きな声じゃ言えないが、実は山ほどいるんだ。そもそも芸名からして親からもらった名前を変えてるわけだし……芸能マスコミも、その辺は阿吽《あうん》の呼吸で触れません。しかし、SNSに巣くう間違い探しが大好きな連中にそれは通じない。ありとあらゆることをほじくり出してはあげつらう」

放《ほう》っておけばSNSに書き込んでいる人たちの悪口が無限に出てきそうだ。しかし月影はさすがに大スターで、そういう醜《みにく》い発言を口走る前に自制した。

鵠沼は、すでに自分の祖先について話を盛るだけ盛ったあげく「豪華絢爛《けんらん》華麗なる祖先」をテレビ局のスタッフ相手にフカシまくってしまった有名俳優を前に、腕を組んで考え込んだ。

「どうか、お願いできませんか、鵠沼先生。家系を作る業者は知ってます。人の過去をでっち上げるようなことを生業《なりわい》にしてる奴《やつ》も知ってます。しかしここは、法的なことを含めて、ちゃんとした弁護士先生にお願いした方が、間違いのない結果が期待出来るし、こっちも安心というものではありませんか？」

「そう言っていただけるのは嬉しいですが……」

「花山清太郎じいさんの部分も含めて、巧《うま》いことやってくださいよ！」

月影の話のツジツマを合わせるのは、たとえて言えば落語で客席からお題を拝借《はいしゃく》、その場で無理やりお題を繋《つな》げてハナシを作る「三題噺《ばなし》」と同レベル、いや、それ以上の難物だ。

鵠沼は、鳥飼と思わず顔を見合わせてしまった。

「……我々で、出来るかな？」

「もちろん、カネは出す。出します。遺跡を作るお金とか、幾らでも用意致しますから」

月影はなんとか頼むと頭を下げた。

「ＭＨＫのギャラって安いんですよね？　そんなことしていたら赤字になるのでは？」

「構いもはん。こいは、月影英之介ちゅう役者の、いわば生命の問題になっておるのでごわす。もはやカネの問題ではありもはん」

月影は何故《なぜ》か薩摩《さつま》訛《なま》りで重々しく言った。

「ニセの古文書をでっち上げるのか……偽札作りの名人を探すしかないかも」

鵠沼は自信なさそうに首を傾げた。

「いや、それなら撮影所の美術さんに頼める。美術部には、どんな文書でもそれらしく作る『書き屋さん』がいるんですよ。筆書きの、素人《しろうと》には読めないような流麗な筆致《ひっち》の巻物だって作ってくれますよ。しかも年代モノみたいにヨゴシをかけてくれるし」

「しかし、その具体的中身はこっちで用意しなきゃいけませんよね。番組の中では、その『古文書』の一部分でもアップで撮られるでしょうから、『あいうえお』みたいな意味無しの文字が並んでいたら、それこそネット民にデタラメが露見するだろうし……」

「それはまあ、先生はインテリで東大出なんだから、日本史に詳しい学者さんを御存知でしょ。そのへんはよしなに」

月影はあくまでも楽観的だ。

「しかし、遺跡まで捏造《ねつぞう》するとなると……大規模な土木工事をして遺跡を造営することになりますが……そもそもある日突然、鎌倉時代の遺跡が出現するなんて、あり得ないだろうし……どうして今まで見つからなかったんだって言われるだろうし」

鵠沼は思案した。

「そういうツジツマはさておき、遺跡を作るにあたっては撮影所の美術さんに頼めば、それっぽいのを作ってくれますよ」

月影はまたも安直な解決策を口にした。

「撮影所の美術部さんは、ホント凄いんですから」

「だけどそれって……映画やドラマのためのものでしょう？　発泡スチロールとかで墓石や墓碑《ぼひ》を作ったり遺構を作ったりする……でもそれ、専門家やＭＨＫの取材班にはバレるでしょう？」

「そこはそれ、ＭＨＫも番組を成立させなきゃ困るのは自分たちなんだから、企画が始動すればなんとかなると思いますよ。彼らはあくまでテレビマンであって、考古学者じゃないんだし」

「……判りました。やってみましょう」

しばし考えていた鵠沼だったが、結局この件を引き受けてしまった。厄介《やっかい》で手間がかかり弁護士の本道からも外れた仕事だが、大スターと繋がれる誘惑に勝てなかった。

帰る月影を見送ろうと玄関に行くと、驚いたことに、そこにはとっくに帰ったはずの細井加世子が立っていた。しかも、あきらかに中の様子を窺《うかが》おうと今まで聞き耳を立てていた様子だ。

「あ、細井さん。まだなにか？」

なんだこの女は、と閉口しつつ、鵠沼は訊いた。

「あ、いえ……あの、私、月影さんの大ファンで。だから、その……サインください！」

やめてください、ご迷惑でしょう、と鳥飼が言いかけたが、月影はいいですよ、とサインペンを取り出した。

「ではこれに」

彼女は、なにやら星に似たものと、目のようなマークが表紙に描かれたノートを取り出して、月影に突き出した。

「お願いします！」

はいはいと微笑みながら、月影はさらさらとサインをした。

「ありがとうございます！　あの、帰り道、ご一緒していいですか？」

細井加世子は図々しくも月影に言い寄った。

「もちろんですよ。近くの駅までタクシーでお送りしましょう」

あくまでジェントルな月影だ。

彼女は有頂天な様子で、月影と連れだって帰っていった。

「どうするんですか先生。勝算があって引き受けたんですか?」

月影が帰った後、鳥飼は鵠沼に詰め寄った。

「なんとかするしかないだろう。それに、この件を成功させれば、ウチの名は広まって、完全に上昇気流に乗るぞ! この機を逃がすな、です。経営の神様も時流を掴《つか》めと言ってます」

「まだ時流は来ていないと思いますけど」

「だから、作り出すんです! その絶好のチャンスがやってきたと思いませんか?」

「しかし先生。この仕事は弁護士がやる種類のものではないのではないでしょうか?」

鳥飼は仕事のスジに拘《こだわ》った。

「君はそう言いますが、弁護士の仕事には、依頼人の過去を追跡して戸籍を確定させたり訂正《ていせい》させたりすることも含まれますよ。弁護士の職権を使わないと、調べられないことも多いですからね。今回の依頼は、その応用編だと思えばいいのです。いいですね?」

そう言って鳥飼を言い包《くる》めた鵠沼は、さっきの面談・依頼の席で月影が話した事の走り書きを読み直した。

「月影英之介こと花山大助の祖先は、梶原景時の遠縁。徳川時代は御家人。祖父の花山清太郎は中国大陸で悪事を重ね、父親は映画俳優兼ヤクザ。この際、おじいさんとお父さんの経歴はなんとか誤魔化《ごまか》すことにして……曽祖父より前は、創作するしかないですね」

「どうやって？」

鳥飼はあくまで鵠沼の楽観論に懐疑的だ。

「子孫が途絶《とだ》えて久しい家系を探し出してきて、如何にもな証拠をでっち上げるしかないでしょう。たとえば、『ジャッカルの日』という映画では、主人公のスナイパーが偽のパスポートを申請するのに、若死にした人を探してお墓を見つけ、墓標を確認して出生証明書を役所に請求してました。出生証明書だから死んでるかどうか関係ないところに目を付けた訳で……」

「先生はそういうふうに、『使える死者』を探せとおっしゃりたいんですか？」

「誰も読めない古文書や墓石でもいいし、由来があやふやな古刹《こさつ》や神社を拝借すれば」

「バチが当たりませんか？」

鳥飼は心配そうな顔になった。

「ボクは神仏を信じておりませんので」

鵠沼は澄《す》まし顔で言った。

「梶原景時の件は、『遠縁』ということでスルー出来ると思います。一族は滅ぼされた、ということになっていますが、生き延びた誰かが鎮魂《ちんこん》のための神社を建立《こんりゅう》して、直系の子孫がそこの宮司《ぐうじ》を務《つと》めているんだし……以上、ネット情報ですけど」

「如何にも本物らしい古文書を作って、花山大助氏の祖先を辿《たど》れば景時に辿り着くようにしておく、そうすればいいですよね」

鳥飼はメモしながら言った。

「そのへん、先生のお友達で優秀な学者さんが、どなたかいないんですか？」

「ボクは法学部だったので、文学部の友人は……そうだ！　サークルで一緒だったヤツに、院に残って日本史を研究して、今は確か助教になってるヤツがいたなあ」

「その人に、ちょっとお金を渡して家系図を作って貰いましょう！　着地点は徳川幕府の御家人ということで」

「それに基づいて、適当にそれらしい神社仏閣にお願いして、口裏を合わせて貰うか……最悪の場合、お堂くらいは建てる覚悟で」

鵠沼は口調を変えて明るく言った。

「なんせ、月影さんは、金に糸目は付けないって言ったよね」

「そこまで言ったかどうか……」

鳥飼は首を傾げた。

始めるぞ！　と鵠沼は立ち上がった。

＊

月影の「人生ロンダリング」の件は、助けを依頼した相手の返事待ち状態。手持ち無沙《ぶさ》汰《た》になった鵠沼は、鳥飼に丸投げしていた案件のうち、「選挙違反」の件が全然進んでいないので、彼自身でちょっと探りを入れてみることにした。

敵対候補・大石宙太郎側の人物の話を聞いてみたのだ。それは「選挙事務所開きの際に、差し入れの酒をみんなに振る舞った梶本候補は公職選挙法違反」という内容の怪文書を撒いたと目される人物だ。

「梶本センセイはねえ、ウチの大石先生の対立候補だったから言うわけじゃないけれど、あんまり褒められた人じゃないんです。叩けばいろいろホコリが出てきますよ、ホント。そんな程度の人物だから、妙な宗教団体の力を借りて、やっとこさ当選できたんです」

反対党の地区事務所で会った初老の男は、大石陣営の選挙事務長を務めた人物だ。彼は言葉を選びながら鵠沼に答えた。

「まあ、こっちだって公明正大、正しいことばかりやってきたわけじゃないから、正面から梶本センセイの選挙を批判できませんがね、でも梶本センセイは宗教団体丸抱えの選挙をしたわけですよ。で、梶本センセイに票を入れないと呪《のろ》い殺すぞとか、末代まで祟《たた》られるぞとか、要するに脅迫をしたんですよ。宗教団体の豊富な資金で買収したわけじゃなくて」

「いやしかし、いまどきそんな、呪い殺すだの祟りだのの脅迫を真に受けた人はいたんですか？」

鵠沼が呆れて訊くと、元事務長は真剣な顔で答えた。

「いるんですよ。それも大勢。なにしろ実際に……」

そこまで言った元事務長が入口を見て、絶句した。そこには大石陣営から見れば敵である梶本議員側の関係者・細井加世子が立っていたからだ。

「おや……これは梶本先生のところの……どうなさいましたか？」

「はい、当選のご挨拶《あいさつ》が、まだきちんと出来ていなかったと思いまして……」

彼女はそう言うと、にっこりと笑って菓子折を差し出した。

「あら鵠沼先生。どうしてここに？」

彼女は鵠沼がいるのを見咎《みとが》めた。

「例の件で……双方のお話を伺《うかが》わないと、きちんとした対応が出来ませんから」

「あら、そうですの」

そう言った彼女は、菓子折を渡したのに立ち去る気配がない。

元事務長は、といえば加世子を見て明らかに怯《おび》えた表情になっている。

「いや、鵠沼先生、本日はわざわざありがとうございました！」

わざとらしい大声で言い、手を差し出してきた。帰れという合図か、と鵠沼が握手に応じると、紙切れのようなものを握らされた。

鵠沼も小さく頷いて、「では、お邪魔しました！」と大きな声で言って立ち上がった。

鵠沼はさっと事務所を出ると、渡されたメモを開いた。そこには『三十分後、駅前のトポールで』と書いてある。細井加世子の前では話せないことがあるのだろう。

窓から事務所の中を見ると、細井加世子は元事務長と何やら話し込んでいる様子だ。ならば彼女が尾《つ》けてくることはないだろうと思いつつ、鵠沼は一応、三十分間ウロウロしてから駅前のカフェ「トポール」に入った。

すると、ほどなく、元事務長がやって来て、「ご面倒をお掛けしました」といいながら席に着いた。

「あの細井という女、あれがいると何も話せないので」

おしぼりで顔を拭《ふ》き、飲み物を注文した元事務長はそう言って顔をしかめた。

「で、どこまで話しましたかな？」

「『梶本センセイに票を入れないと呪い殺すぞとか、末代まで祟られるぞとか、要するに脅迫をしたんですよ』って、梶本陣営がそういうことをしていたというあたりです」

そうでしたそうでした、と元事務長はアイスカフェオレを飲みながら喋り出した。

「ウチの大石先生の昔からの支援者が……重病で倒れましてね。まあ定年退職後、選挙だけが老後の生き甲斐《がい》だと言ってた人ですが……矍鑠《かくしゃく》として、それまで病気ひとつしたことがなかったのに」

「そのおひと方だけですか？」

そんなわけないじゃないですか！　と元事務長は怒った。

「人を、そんな非科学的なことを簡単に信じる迷信深い阿呆みたいに言いなさんな。ほかにも脅されたあと、交通事故に遭《あ》って入院した人や、家が火事になった人までいて……あんまり重なるんで、これはただ事じゃないぞってことになりました。こっちの陣営に動揺が走りましてね」

元事務長は深刻な表情になった。

「うちの先生を支持してくれていた町内会長が自転車に乗っていて、後ろから来た車に撥《は》ね飛ばされて……撥ねた車は盗難車でした。しかもナンバーが付け替えられていて……幸い、命に別状はなかったけれど、足を骨折して今も障害が残ってます。火事になったのはうちの先生の有力スポンサーである、ＩＴ企業の社長のお宅です。木造二階建ての古民家で、社長がその古びた雰囲気《ふんいき》が気に入って住んでいたのですが……火の気はなかったのに、全焼ですよ。消防の調べで放火だったことは判っているのですが」

「しかしそれは犯罪ですよね。祟りとか呪いではなく」

「犯人がいるとしても、その犯人を動かした『何か』があるわけでしょう？　そこまでのことをする、その『何か』が怖いんです」

「犯人は捕まったんですか？」

「捕まったようですが、黙秘を続けているようで……」

なるほどこれには裏がある。まずはきちんと調べて事実関係を確認しなければ、と鵠沼は思った。

「それにね」

と元事務長は声を潜《ひそ》めた。

「呪いだの祟りだのって話は、梶本陣営に某宗教の応援がついているということもあって、にわかにヤバいということになったんです。さっきの、あの女」

「細井加世子ですね？」

「そう。あの女。『全世界平和連合』とか言う新興宗教の活動家らしいんだが……先生、あの教団絡みの怖い事件の噂《うわさ》、知ってますか？」

元事務長は聞き取れるかどうかの小さな声で話し続けた。

「ほら、あの有名な事件。未《いま》だに犯人が捕まっていない、一家惨殺《ざんさつ》事件。あれは、ある事情から大金が入ることになったあの一家の主が、あの教団に多額の寄付を約束したことが原因だった、と言われているんですよ。なのにその寄付は実行されなかった。その結果、見せしめとして一家が皆殺しになったと言われています。新聞やテレビではそこまで報道しないけど、関係者はみんな言ってますよ。寄付の約束をしたのに無視したから、その報復で殺されたんだって」

元事務長は、鵠沼にキスできるくらいに顔を近づけた。

「だから、みんな怖がったんですよ。あの連中はナニをしでかすか判ったもんじゃないって」

みなまで聞かずに疑ってすみませんでした、と鵠沼は謝った。

「新聞のデータベースに当たって丹念に調べれば、必ず尻尾《しっぽ》は出てくるはずです」

仕事場に戻った鵠沼は、鳥飼に断言した。

「え？　梶本陣営の脅迫というか、呪いの裏を取るんですか？　でもそれだとこの事務所の依頼人である梶本議員の不利になるのでは？　選挙違反を弁護するんじゃなくて、梶本議員のヤバい選挙運動を、暴く側に立つことになりませんか？」

鳥飼にそう言われた鵠沼はいやいやいやいやと首を振った。

「いや、依頼人にヤバいことがあるのなら、まずそれを把握《はあく》しておかないと、有効な手が打てません。場合によっては依頼人すら信用するな、これが危機管理というものです」

鵠沼は自信満々にそう言い切った。

「この件、面白くなってきそうなので、ボクが担当します。鳥飼さんも忙しいだろうし」

おりしも、点《つ》いていたテレビでは、政治家の金銭スキャンダルがまた報じられている。

見るなり鵠沼も鳥飼もうんざりした。

「なんだ、また政治家の不祥事《ふしょうじ》ですか」

「そうですね。政治家のお金がらみのスキャンダル、最近多すぎませんか？」

「政治家とお金のスキャンダルは大昔からだけどね。だけど金銭の処理は、民間企業ならどこも税務署が怖いからきっちり処理しているのに、政治家の事務所はどうなっているんだ？　マルサもあんまり政治家の事務所や後援会には踏み込まない。公職選挙法は税務署の管轄《かんかつ》じゃないから、と言えばそれまでだけど、それにしても最近、どうしてこんなに多いんだ？」

鵠沼は呆《あき》れたように言った。

「ねえ先生、例のカルト教団と政治のつながりが明るみに出てから、こういうニュース、急に増えたような気がするんですが……」

鳥飼はそう言ったが、鵠沼の関心は既に他のことに移っていた。

「ほ〜。元《もと》・束《たば》ものアイドルが不倫？　しかも二股？　女性用風俗利用疑惑まで？」

＊

鵠沼は、梶本議員の選挙運動について、さらに詳しく調べることにした。

まずは参議院の議員会館に梶本議員を訪ねて直接話を聞いたのだが、議員の口から出るのは愚痴《ぐち》ばかりだった。

「とにかくね、運動員が暴走するんですよ。こっちは選挙違反にならないかどうかハラハラすることも多くて」

そもそもの相談内容は、選挙事務所で酒を振る舞ったことが公職選挙法に違反していると敵の大石陣営に怪文書を撒かれた、ということだったが、話を聞くと、どうも梶本議員の選挙運動全体にかなり問題があり、それを伏せておきたいから話がややこしくなっていることが判ってきたのだ。

隠したいことというのは、ズバリ、選挙運動を、某宗教団体から派遣された運動員でまかなってきたことだ。

どんな信仰の持ち主であれ、特定候補者の選挙を応援するのは自由だ。しかし特定宗教の信者が「組織的に」動員されるとなると、話は違ってくる。候補者が当選した後、その宗教団体に恩を売られた形になって、言うことを聞かざるを得なくなる場合もあるだろう。

しかし、それを鵠沼がストレートに言うと、痛いところを突かれた梶本議員は態度を硬化させて口を噤《つぐ》んでしまいかねない。話を巧《うま》く持っていく必要がある。

「運動員の暴走ですか？　それはけっこうヤバい話ではありませんか？」

「まあ、彼らもボランティアだし、こっちもあんまり強く言えなくて……」

「いや、それは弱腰になっている場合ではないですよ。運動員が暴走した結果、先生の立場が悪くなることだってあるんですから、気兼《きが》ねなんかしてはいけなかったですね。どうしてクビにしなかったんですか？」

それを聞いた梶本議員は首をブルブルと横に振った。

「いえ、それは出来ません。滅相《めっそう》もないことです。選挙を手伝って戴いてるんですから……」

「しかし、公職選挙法に違反するようなことをしていたら、先生本人もヤバい事になるんですよ？」

「それはそうなんですが……」

議員はてらてら光る額《ひたい》にじっとりと脂汗《あぶらあせ》をにじませている。

「選挙運動がまったく回らなくなる方が困るので……それにね、彼らは私の当選のことを第一に考えてくれていたので、それを止めるのも如何《いかが》なものかと思いましてね……」

鵠沼は、梶本議員が彼らに「弱味を握られている」ことを悟った。そこで梶本議員の選挙事務長であり、私設秘書でもある人物にもっと突っ込んだ話を聞くことにした。

「ウチの選挙事務所に宗教団体から運動員が派遣されていた？　ええそうですよ。それに何か問題でも？　タダ働き？　あなた何言ってるんですか。そもそも選挙応援はボランティアが原則で、一部の仕事以外に賃金《ちんぎん》を払ってはいけないことになっています」

タダ働きなのは当たり前でしょうが！　と梶本議員の私設秘書は言い切った。

「はい。そのことは公職選挙法に細かく規定されていますから、私も存じておりますが」

「だったら何が問題なんです？　ハッキリ言って、ロハで運動員として使えるって事も、とても大きいのですけど、彼らはとてつもない情報源なんです。普通なら手に入らないリストを持ってるんですよ。警察や消防ともつながりがあるのでね」

警察、消防、そして自治体の戸籍課にも某宗教の信者がいるため、地域住民に関する、部外秘リストが流れてくるのだという。

「そのリストを元にして電話で投票依頼の絨毯《じゆうたん》爆撃をするので、非常に効率的かつシステマティックなんだよ。それに、あそこから派遣されてきた運動員はみんなアタマがいいし勤勉で労を惜《お》しまない。有能の極みだ。そんな宝物のような彼らに、無粋《ぶすい》なことを言って意欲を削《そ》ぐことが利口だと思いますか？　先生？」

「いやしかし、これは梶本先生にも申し上げたのですが、そうやって色々なことに目を瞑《つむ》った結果、彼らの暴走を止められなかったら、悪質な選挙違反とされるかもしれません。最悪の場合、連座制が適用されて、先生が議席を失う事態だって想定できるんですよ」

「だからさあ」

五十代の私設秘書は妙に態度がデカくて馴《な》れ馴れしく、逆に鵠沼を煽《あお》ってきた。

「そのへんを巧くやって貰おうと思って、先生にお願いしてるんじゃないですか！　お願いしますよ、先生！」

まったく話にならない。


次に鵠沼は所轄《しょかつ》署に出向いて、選挙期間中に起きた三つの事件について、直接、担当刑事に話を聞いた。

「はいはい。この二件ね。被疑者は全員、逮捕して送検しましたよ」

刑事課捜査一係の刑事は明言した。

「この件は選挙違反ではなく傷害事件・放火事件なので、二係ではなく一係で扱いました。一件目の交通事故は、故意に自転車に接触した当て逃げ事件、それに車の窃盗《せっとう》が絡んでいます。二件目の放火は事前にガソリンが購入された店舗《てんぽ》の防犯カメラの映像で、被疑者を特定しました」

「判りました。ところでこの二つの事件の被疑者ですが、背景に共通するものはあるでしようか？」

そう訊いた鵠沼に、刑事は鋭い目を向けた。

「気がつきましたか？　この件は、それがあるので、マスコミも被疑者逮捕を大きく扱えないでいるんですよ。だからまだ事件は未解決だと思ってる人も多いと思いますが」

刑事は、被疑者のものらしい身分証のコピーを見せた。

『全世界平和連合　東京支部　研究員　石橋省吾《いしばししょうご》』

「研究員とは、その宗教の信者から上がって、組織のメンバーとして教団から給料を貰っている立場だそうです。主任研究員、研究主幹、研究長と上がっていくらしい。この石橋省吾が町内会長当て逃げの被疑者で、事故を起こした車を盗み、違法に入手したナンバープレートに付け替えたのです」

で、と刑事は二枚目の身分証のコピーを鵠沼に見せた。

『全世界平和連合　東京支部　勉強会幹部　土田《つちだ》富雄《とみお》』

「これがＩＴ企業の社長宅に放火した被疑者。こっちは信者だが、信者のまとめ役で、もう一つステージが上がれば『中の人』になれるところだったと」

「すると刑事さん、この二人、石橋と土田は、梶本議員の運動員だったわけですよね？　しかも彼らによる犯行、当て逃げと放火の被害者は、梶本議員の対立候補の主たる支持者だったと。票を取りまとめたり資金を援助したりする、大切な人だったわけですよね？」

「そうです」

刑事は頷いた。

「じゃあ、この二件の犯罪は、選挙違反から大きく逸脱《いつだつ》したものじゃないですか！」

なぜその累《るい》が梶本議員に及ばないのだ？

「疑問を持たれるのはもっともです。ただね鵠沼先生。この二件については逸脱がひどすぎるので、逆に選挙違反で摘発《てきはつ》できる範囲を超えてしまってる感もあるわけです。被疑者の弁護士は、動機は選挙とはまったく関係がない、宗教的反感とか宗教的対立が主因で襲《おそ》ったのだと主張しています」

「そう言い張った場合、選挙違反にはならない？」

「まあ、それは検察の判断になりますが……ウチとしては、こんな面倒な事件から早く手を引きたいんですよ。宗教が絡むとマスコミ対応もひどく面倒でね」

刑事は本当に嫌そうな顔をした。


「全世界平和連合か……鵠沼、お前、あの教団には気をつけろよ」

新橋のサラリーマン御用達《ごようたし》の居酒屋で、鵠沼は浜中《はまなか》先輩からも忠告された。

「あいつらは日本の政治を陰《かげ》から動かしている連中なんだぞ」

そう言って先輩はチューハイをゴクゴクと飲んだ。

「それにしてもオゴリ酒って、美味《うま》いね。いくらでも飲めるもんな」

どんどん飲んでくださいと言いつつ、鵠沼は質問した。

「どうしてですか先輩？　たいして大きくもない宗教団体が、どうして政治を動かせるんですか？　信者数はわずか数万人しかいないのに」

「お前、もっと勉強しろ」

浜中先輩は上から目線で言い放った。

「連中が物を言わせるのはカネじゃあないんだ。政治資金規制法があるからな。票でもない。下手《へた》に取りまとめると公職選挙法違反になる。だから、あの教団は『マンパワー』を政治家に供給している。あそこは信者も教団職員も高学歴で、それもきわめて優秀で熱心な人材ばかりだ。全員、勤勉で頭がいい。だから政治家の秘書になるのにうってつけだ。しかも修行に耐《た》えてるから我慢強い。政治家のセンセイのワガママくらい易々《やすやす》と受け止める。そして、これが最大のポイントだが、彼らはタダだ。タダで使える。そんな優秀な人材ばかりを、なんと、無給でコキ使えるんだぞ！」

タダより怖いものはない、カルト教団はボランティアの運動員や、当選議員のもとに送り込んだ秘書を通じて政治家たち多数の弱味を握り、それを盾《たて》に政治家たちを脅し、日本の政治を好きなように操ろうとしているのだ、と浜中先輩はまくし立てた。

「マジですか？　それじゃヤクザと一緒ですね」

鵠沼は呆気《あっけ》にとられて思わず言った。

「そうだ。ヤクザは缶コーヒー一本、タバコひと箱から始まって最初は気前よく、何でも奢《おご》ってくれる。そしてある日、恩が貯《た》まったところを見計らって、とんでもないことを頼んでくるんだ。鉄砲玉になれ、とか罪を被って警察に捕まれ、とか。政治家ならさしずめ、教団の教えを国の政策に反映しろと強要される、ってあたりかな」

浜中先輩は、恐怖を紛《まぎ》らわすようにふふふ、と笑った。

「知っているか？　献金《けんきん》をすっぽかした結果、一家皆殺しに遭ったケースさえあるという恐ろしい噂。国会で追及しようとした野党議員が質問の、まさに当日に刺殺された事件もある。今だって自分たちの思い通りにならなければ政治資金スキャンダルを小出しにして政治家どもの尻《しり》に火を点《つ》けたり……ありゃ大変な連中だよ」

たしかに、秘書多数を送り込んでいるのなら、政治資金について表に出せない弱味を握るくらいは朝飯前だろう。

＊

数日後。

「いやいや、苦労したぞ鵲沼！」

分厚い資料をリュックに詰めて、青白い顔に度の強そうな黒縁眼鏡《くろぶちめがね》をかけた痩身《そうしん》の男が事務所に現れた。マンガに出て来そうな、文字通り「絵に描《か》いたようなハカセ」だ。

「ありがとう！　助かったよ黒岩《くろいわ》！」

鵠沼は黒岩ハカセを労《いたわ》って奥に案内した。この部屋も、ずっと使っていなかった座敷を、大切なお客用の応接間としてオープンしたのだ。

「こちら、大学のサークルで一緒だった黒岩くん」

鵠沼はお茶を持ってきてくれた鳥飼に紹介した。

「文学博士だ。たしか専攻は」

「中世日本史。まさに僕の研究領域だったからね。まあでっち上げるのはそう大変ではなかった」

鳥飼は二人を見比べた。

「なんのサークルだったんですか？」

「アイドル研究会！　主として地下アイドルの発掘を」

鳥飼が引いているのが判った鵠沼は、話を先に進めた。

「どうやら、かなり入念にやってくれたみたいだな」

もちろんだよと頷いて、黒岩博士は折りたたんだプリントアウトを広げた。

「まずこれが、花山大助氏の『架空の家系図』だ。判りやすいようにパソコンで印刷したから、しかるべき書家に巻物にして貰ってくれ。それらしく見えるはずだ」

出されたプリントアウトのトップには「桓武天皇《かんむてんのう》」の文字があるので鵠沼は仰天《ぎょうてん》した。

「ずいぶん盛ったたな」

「いや、梶原景時から史実に沿って遡《さかのぼ》るとそうなる。ま、景時の遠縁という設定だから、この辺はどうでもいいんだが……しかし梶原景時をスタートラインにすると、どうしても平氏になるんだ」

プリントアウトには「葛原親王《かつらはらしんのう》」「平高望《たいらのたかもち》」「平良文《たいらのよしぶみ》」「鎌倉章名《かまくらあきな》」と繋がっている。

「この『鎌倉章名』が、相模《さがみ》において勢力を誇っていた丸子《まるこ》氏の婿《むこ》となって相模に定着。その子孫が相模武士・鎌倉党として栄えた。『鎌倉景通《かまくらかげみち》』の子、景久《かげひさ》から梶原氏を名乗って、景時は景通の玄孫《やしゃご》にあたる。ま、この辺は『伝』としておけば学問的にも嘘《うそ》にはならない」

うんうん、と鵠沼は興味津々《しんしん》な表情で聞き入っている。

「で、梶原景時の一族は滅ぼされたが、兄の専光房良暹《せんこうぼうりょうせん》は僧侶《そうりょ》で、後に梶原神社と早馬《はやま》神社を創建して代々宮司を務めているから、その辺から血統が分かれたとしてもおかしくはない。なので、梶原景時関係はクリア。問題は、徳川幕府の御家人という件」

黒岩博士は資料をバサバサと広げた。

「徳川幕府本来の御家人はきっちり名前が判っているからウソはつけないけれど、御家人株を町人や農民が買って御家人に成り上がったり、武士ではない者が御家人の婿養子になったりした場合があり、その辺はもうぐじゃぐじゃなので……とりあえず、お家が断絶してしまったり、明治以降に跡継《あとつ》ぎが絶えた家にしておけばいいと思う」

黒岩博士はそこまで言って、言葉を切った。

「ここで時間切れ。僕も自分の仕事があるんで。あとは鵠沼、自分でやれ」

「ええと、御家人の名前のデッチアゲ以降をやれってことか」

そういうことだ、と黒岩博士は頷いた。

「真実味を持たせるために、江戸時代以前に、この一族が建立した神社やお寺を決めて、その写真を撮ってきたり、お墓を建てるとか、そういうことをすればいい。花山さんのホントのお墓もあるだろうけど、由緒《ゆいしょ》ある家柄の代々のお墓なら、それなりの立派なものであるべきだ。その由来とか故事来歴に関して、神職や住職の証言を貰った方がいいな。署名して貰って」

「おいおい、そこが一番面倒な部分なんじゃないか！」

鵠沼は頭を抱えた。

「やっぱり鳥飼さんにやってもらおうかなあ……例の、梶本議員の選挙違反の件」

面倒なことを改めて彼女に振ってしまおうとした鵠沼だが、こちらもどうやら彼女の手には余りそうだ。

「だけど先生、時流に乗りたいなら、ここは頑張るしかないんじゃないですか？」

鳥飼は鵠沼にハッパをかけた。

「やるけど……それはなんとかするとして、明治以降の、この一族の歴史をどうでっち上げるか……」

鵠沼はそう言って黒岩博士を見た。

「歴史学者なんだから考えてよ」

「歴史学者は歴史をでっち上げることはしない。従って、それは専門外だ」

「だけど、桓武天皇から梶原景時までは」

「それは調べた事だ。史実であって、ここに創作は入っていない」

判ったよ、と鵠沼は立ち上がって部屋の中をウロウロと歩き回った。

やがて「こういうのはどうだろう」と彼は黒岩博士と鳥飼を交互に見た。

「徳川の世が終わって、花山大助の曽祖父・花山助之進《すけのしん》は……これからの時代は商売だ、と貿易《ぼうえき》商となり、中国と商売を始めた。儲かったり損をしたりしつつ、やがて時代は昭和になり、助之進の息子・花山清太郎、すなわち、花山大助の祖父である花山清太郎は、商人の人脈やコネを買われて陸軍の諜報員《ちょうほういん》になって中国に渡った。和製ジェイムズ・ボンドよろしく陸軍の命を受けて、中国や満州の軍閥《ぐんばつ》に対して諜報活動を繰り広げた。その仕事は言うまでもなくスパイで、キレイゴトの世界ではなく、命を張ったギリギリの毎日であった。中国の経済を混乱させるために偽札を作ったり、社会を混乱させるために阿片《あへん》をばら撒いたり、要人を暗殺したり、秘密厳守の組織だから裏切者は粛清《しゅくせい》したり……これは月影さんから聞いた話で、花山清太郎は本当に当時の現地で暗躍《あんやく》していた犯罪組織と組んで、かなりの悪事を働いていたそうだ。その阿片密売により得られた莫大《ばくだい》な資金が、当時、大陸にいた日本の高級官僚や右翼《うよく》団体を通じて戦後日本の政界に流れた、という話もある。これはまあ表には出ないが公然の事実だ。その事実をそのまま使えるからデッチアゲも少なくて済む。今の視点で見ればとんでもない悪事だけど、当時の陸軍の命だとすれば、これは任務だし、陸軍の作戦の一環なのだから仕方がない。これでどうだろう?」

「悪くないね。実際その当時、大陸には宗教団体に偽装《ぎそう》した犯罪集団があって、日本軍に協力してかなり酷《ひど》い悪事に手を染めて蓄財していたという資料もある」

黒岩ハカセの言葉に、鵠沼は食いついた。

「それ、使おう！　かなり酷い悪事って、殺しとか金品強奪《ごうだつ》とか……」

「まあ、思いつく限りの悪事すべてと考えておいた方がいいだろうな。嘘の通報をして日本軍の憲兵に現地の金持ちを逮捕させて、その財産を奪うとか」

「宗教のフリをすると何でもやれるというのは今も昔も変わらないんだな」

鵠沼は溜息《ためいき》をついた。

「しかし……そうなると急に映画のストーリーみたいになってきたな。ダーティな『アラビアのロレンス』というか『陸軍中野学校』というか」

まあいいんじゃないか、と黒岩ハカセはOKを出した。

「陸軍の資料は焼却《しょうきゃく》されて残っていない、ということにするんだな」

＊

「なるほどね」

要点をまとめたプリントアウトを見た月影英之介は頷いた。

「日本のために心ならずも中国の人々を苦しめざるを得なかった、現地の悪い連中と組むしかなかった、すべて戦争が悪いのだ。ウチの爺さんはさしずめダーティ・ヒーローって事ですな？」

黒岩と鵠沼が合作したストーリーを聞いた花山大助こと月影英之介は喜んだ。

「心ならずも戦争犯罪に荷担してしまった、その反省をきっちりしておけば、視聴者の反感はかなり抑えられるでしょうな」

これで行きましょう、と大スターは笑顔を見せた。

「お父上の件は、なんとかなるでしょう。実際、映画には数多く出ていたんだから、その映像を使えばいいのですし。俳優の傍《かたわ》ら、副業で、お祖父様から引き継いだ商売もしていたと言えば、ウソではありません」

「モノは言いようってヤツですな」

呵々《かか》大笑する大スターに鵠沼は恐る恐る申し出た。

「明治以前の古文書や遺跡については、出来るだけ本物を探します。しかし、どうしても見つからない場合はその……用意することになります」

「判っています。その分のお金は別途、出しますから」

月影は太っ腹なところを見せ、気を良くした鵠沼はさらなる提案をしてみた。

「考えたのですが、花山家中興の祖として、幕末の御家人・花山義忠《よしただ》は、勝海舟《かつかいしゅう》とともに咸臨丸《かんりんまる》に乗ってアメリカに渡った、というのはどうです？　それが維新後、目を世界に向けて貿易商になるきっかけになった、というのは？」

「それはいいけど……花山義忠って誰だ？」

「あなたのおじいさんのおじいさん……くらいの代の人です。今、名前を考えました」

「おいおい大丈夫かい？」

「浦賀《うらが》に、その記念碑があったのが最近見つかったという設定にして、その記念碑を建てます。お寺とか神社を建てることを考えれば安いものです。あと、映画の『フォレスト・ガンプ』みたいに、本物の勝海舟ご一行の写真に、花山義忠の写真を付け加えたものも幾つか用意しましょう。今回調べて出てきた、新発見の写真とか言って」

「それは良い考えだね。デジタル合成すれば安く出来るだろう」

月影は感心して微笑んだ。

「そして、梶原景時の一族である事を示す大昔のお墓、それと一族の霊を祀《まつ》る祠《ほこら》も建てます。朽《く》ち果てた祠ですから、さほどお金はかからないでしょう」

「……まあ、いいでしょう」

そう言った月影は「なんだか際限なくカネのかかる映画のプロデューサーになった気分だな」と文句を言いつつも楽しそうだ。

「おう、そうそう、忘れるところだった」

月影はそう言って、重そうな紙袋をテーブルの上にどんと置いた。

「何か使えそうなものはないかとウチの物置を漁《あさ》っていたら、爺さん関係のあれこれが出てきたんで、まとめて持ってきたんだが」

鵠沼は「ちょっと拝見」と紙袋から書類を取り出した。

「おお、これは凄い……」

手を突っ込んで無作為に取り出しただけなのに、花山清太郎のニセ身分証、ニセパスポート、正体不明の会員証、日本軍のニセ命令書などなど、恐るべき文書の数々が出て来た。

「これ、使わせて貰いますよ！　こんな第一級の史料があると、よりリアルな作り込みが出来ます！」

「それはよかった！」

鵠沼は感嘆《かんたん》しながら書類を見ていったが、ふと目をとめた一枚の紙に、落書きのような模様があることに気がついた。

「これはなんです？」

「ああ、それは、爺さんの手首に妙な刺青《いれずみ》があってね、それを鮮明に記憶してるんで、なにかの参考にならないかと思って」

それは、ユダヤ文化の伝統的なシンボルである「ダビデの星」（ヘキサグラム）に似ているが、真ん中に目のマークが入っている、印象的な図案だった。

はて、最近、これによく似た印をどこかで見たな、と鵠沼は思った。思い出そうとしたところで月影が言った。

「爺さんは、何かの秘密結社に入ってたそうだから、その印かも」

「月影さんが前におっしゃっていた、花山清太郎氏が手を組んでいたという、当時の、現地で暗躍していた犯罪組織……その組織のメンバーの印、でしょうか？」

「……たぶん」

月影はそう言って頷いた。

「いいですね、このマーク。厨二病《ちゅうにびょう》っぽいけど使えますよ、これは！」

ニッコリ笑った鵠沼と月影は、成功を確信して固い握手を交わした。

＊

鵠沼は、月影に紹介して貰った映画撮影所の美術部にお願いして、「朽ち果てた祠」を建てて貰うことにした。この美術部はテーマパークのお城、未来都市、クラシカルな建造物、江戸時代の町並みそのほかを建ててる仕事もしていて、とにかく「建てられないものはない。洋の東西を問わず現在過去未来、宇宙人の基地から王様のお城まで、なんでも来い！」という凄いところなのだ。

「掘っ立て小屋みたいな、そんな小さな祠でいいの？」

有名監督の映画の美術デザインを多数手掛けている美術監督の村本庸太郎《むらもとようたろう》がたまたまヒマだったし、月影と仲がいいというのでこの仕事を引き受けてくれた。美術監督とは全体のデザインをし、セット造営の指揮監督もしてくれる、心強い存在だ。

「月影ちゃんのアレでしょ？　天下のＭＨＫを謀《たばか》ろうってアレでしょ？」

「謀る、というと語弊《ごへい》があるんですが」

撮影所に属する美術専門会社の仕事場で、八十を過ぎた高齢だが元気いっぱい、言語明瞭《めいりょう》にして眼光も鋭い村本庸太郎は、そう言ってニヤリとした。月影の「一族ロンダリング」についてこの美術監督は事の次第《しだい》を知っている。共謀してＭＨＫを騙《だま》すことが楽しいらしい。

「あそこは時代考証の先生とか歴史学者とかきっちり用意するから、一杯食わせるのは骨だよ。だけど、そこを一本取るのが楽しいじゃないの！　『スティング』のポール・ニューマンになった気分だよ！」

村本は映画狂の悪戯《いたずら》小僧のような目をして、ノリノリだ。

「だったら、いっそ朽ち果てた祠とか記念碑とかシケたものじゃなくて、どーんと寺院とか建てちゃおうよ！」

「いやいや、デカい寺院となると、『どうして今まで存在に気づかなかったの？』ってことになるでしょう？　今や日本中、人跡未踏《みとう》の秘境なんてないんですから。それに、大昔のことは尺の関係で、おおよそ軽く触れる程度になると思うので」

「そうなの？　鎌倉時代創建って設定の、山奥にある朽ち果てた寺院とか、建てたかったなあ！　『羅生門《らしょうもん》』みたいなの」

残念そうな顔で、高名な美術監督はその場で「朽ち果てた門」のデザインをさらさらと描いてみせた。

「それより、念を入れてお願いしたいのは、月影さんのおじいさんのほうです。陸軍の諜報員だったという設定に、リアリティを持たせる材料を持ってきました」

鵠沼は、とっておきの「最終兵器」を取り出した。月影が持参した祖父の遺品だ。

「おおっ！　これは本物。第一次資料だ！　凄いじゃないか！」

村本美術監督は目をキラキラと輝かせて、一つ一つ手に取ってじっくりと見た。

「これは素晴らしい……日本の裏面史を補強する最高の資料だ！　ただ、最近はそういう映画が作られなくなってしまったが……」

ここで村本美術監督は、月影が記憶を元に描いた「例のマーク」、ダビデの星とフリーメーソンのプロビデンスの目を組み合わせたような印に目を止めた。

「おおこれはいいね。これを大々的に使おう」

美術監督はそう言って弾むように続けた。

「大嘘は細部のリアリティに支えられるってこともあるが、チマチマした書類を作るより、一目瞭然のデカいヤツがある方が、画ヅラとしてはインパクトがあって説得力も出るんだよ。使えるモノはどんどん使おう！」

村本美術監督は悪巧《わるだく》みをするチビ太みたいな目を輝かせて「じゃあさ」と言った。

美術監督の目は、鵠沼が渡した「花山一族の歴史」のプリントアウトを追っている。

「こういうのはどうかな？　伊豆《いず》の山奥か、まあどこでもいいけど、花山の秘密特殊工作班の基地があって、戦後すっかり忘れ去られたまま、今まで誰もその存在に気づかなかったというのは」

「だから、そういうのを新たに建てるのは無理がありますって」

「既存の廃墟《はいきょ》を利用するんならいいんじゃないの？」

村本美術監督はそういうと、背後の資料がギッシリ詰まった書棚を示した。

「ここには、私が美術監督でロケしたすべての資料がある。これを見れば、どの方面に行けば何があるのかはだいたい判る。日本国内はほとんどすべて網羅《もうら》しているよ。経験の積み重ねだ。これを見て絞り込んでロケハンすれば、無駄足を踏まなくて済む」

まさに宝の山。

村本美術監督は、その書棚からファイルを引き抜いてページを広げた。

「そうと決まれば手頃な廃墟を見つけてロケハンして飾《かざ》り込みをしなきゃ！　祠とか記念碑も合わせて！　さあ忙しくなるぞ！」

世界的美術監督はロケハン資料を眺めながら、「これ。ここなんかいいんじゃないか？」とコンクリートの崩れ落ちた建物を示した。

「これ、明治時代に作られた水力発電所の跡。鬼怒川《きぬがわ》流域では当時、水力発電所を作る気運が盛りあがっていて、実際、鬼怒川水力電気という会社が作った発電所は、今も東京電力の発電所として稼働してるんだが……それとは別の弱小な会社が無理をした挙《あ》げ句《く》、資金がショートして、肝心《かんじん》のダムが作れないままに倒産してしまった、その跡がこれです。発電機そのほかは買えないまま建物だけは建てた。その建物がかろうじて残っていて、地元民は『昔からの廃墟』だってことで気にもしない。これ、いいんじゃない？」

鵠沼の目にもただの廃墟にしか見えないが、美術監督が「秘密工作班の基地」にふさわしい、と言うのだから間違いないのだろう。

「ここは鬼怒川の奥の方にあるんだ。郷土史家だってこの廃墟の由来を知ってる人は、まずいないだろうね」

「では、この貴重な資料を基に、ロケハンして現地に臨場して、作業にかかりましょう！」

かくして、この「一大歴史偽造プロジェクト」は始動した。

＊

日本中を踏破《とうは》して実測の末、日本全図を作り上げた伊能忠敬《いのうただたか》には及ばないが、鵠沼と村本は車を駆使《くし》して関東一円を走り回り、そのほかの適地を探すロケハンを敢行《かんこう》した。

ここがいいと場所を特定しても、勝手に使うわけにはいかないので、まず地権者を探し出して許可を得る。もちろんこの段階でバレては元も子もないので、「ドラマの撮影で、ロケセットを建てさせて欲しい」というお願いをした。

神奈川県横須賀《よこすか》市の、浦賀《うらが》の海岸近くの雑木林に隠れるように、石の柱も置いた。花山義忠が咸臨丸に乗ってアメリカに渡ったという記念碑が、ひっそりと立っていたというテイだ。発砲スチロールで作るとすぐバレるし脆《もろ》いので、とても硬くなる特殊樹脂を使って、撮影所内の工房で作り、現地に運んだ。

咸臨丸の乗船簿が不完全なものであり、記載されていない人員がいた（のではないか）という仮説に基づく「新発見の書類」も、一緒にでっち上げた。

「これ、地元の新名所にしていいかな？」

地元の観光協会の人がやってきてそう訊いてきたが、丁重にお断りした。

「いや、それはちょっと。関係者が希望されていないので」

鵠沼がそう言って断ると、観光協会の人は極めて残念そうな顔になった。

「しかしこの記念碑、なんて書いてあるの？」

「いやあ、ボクもよく知らないんですよ」

咄嗟《とっさ》に調査の末端スタッフに扮《ふん》した鵠沼はトボケて誤魔化した。

その次には、梶原景時が治めていた神奈川県高座《こうざ》郡寒川《さむかわ》町、その山あいの森林の中に、これまた隠れるようにあったお墓のようなものを利用して、石碑をでっち上げた。何やら文字が刻《きざ》まれているのだが、長い歳月に摩耗《まもう》して全然読み取れないのをいいことに、これを花山家の始祖で梶原一族に連なる人物の墓、ということにしてしまった。路傍《ろぼう》の石にしか見えない柱に、新たに文字を刻み込み、研磨機をかけてわざと読みにくくした。

「しかし……こんなことして、祟られませんかね？」

「大丈夫だろ。おれは昔、海外ロケをしたときに、ロケ場所にあった神聖な場所が邪魔だってんで取り壊しちまったんだけど……この通りピンピンしてる」

村本美術監督はギョッとするようなことを平気な顔で言った。

さらに、宮城県気仙沼《けせんぬま》市にある「早馬神社」の近くの森の中に、ほとんど崩れた小屋を無断で建てて、一族の霊を祀る祠とした。これも、周辺に炭焼き小屋か農家の作業場だったような朽ちた小屋が点在しているので、さほど違和感はない。しかも美術スタッフの仕事が見事で、新しく作ったのに、数百年前からあるようにしか見えない朽ち果て具合だ。

「こういう仕事は、いつもやってるからお茶の子さいさいなんだよ」

村本美術監督は余裕をかましている。

そして……一番の難関と思えた、発電所になり損《そこ》ねた建物の廃墟を「旧日本陸軍秘密特殊工作班の秘密基地」に仕立て上げる作業は、意外にもあっけなく終わった。僅《わず》か半日の飾り込みでただの廃墟が、軍関係の危険な香りすら漂う「秘密基地の廃墟」に生まれ変わってしまったのだ。

「これもね、ロケセットで、昭和に建ったビルを大正時代のレトロなビルに見せかけるような、よくやる仕事だから」

内部にはおどろおどろしく古びた動物の剝製《はくせい》や銹《さ》びにまみれた斧《おの》や鎌など、よく判らないが気味の悪いモノが並べられ、床には昭和初期の汚れた新聞が散乱している。よく考えれば八十年近く時が止まったような有様が、今も現存している事自体がおかしいのだが、視《み》るものの感覚にダイレクトに刺さるイメージではある。

「センセイが持ってきてくれた当時の現物、使わせて貰いましたよ。やっぱり本物には、作り物には出せないリアル感がありますねえ。本物なんだから当然リアルなんだけど」

壁には日本軍が出した命令書などが銹びた画鋲《がびょう》で止められているが、その隣には錦《にしき》の御旗のような大きな布に、例のダビデの星のようなフリーメーソンの目のような、「秘密結社の印」が染め抜かれて貼《は》られている。それがかなりのインパクトで、否応なく目に飛び込んでくる。

「これは……ここまで大きくしたらド迫力ですね！」

ド迫力ではあるが……なんだか現実感に乏《とぼ》しい感じもする。

「ちょっとこのマークは……雰囲気はいいんだけど、特撮感出すぎてません？　まるで……なんというか、正義のヒーローに対立する悪の結社のアジトにある感じですよ」

「そうか。だったらもうちょっとヨゴシをかけるか。いや、最近特撮ものの仕事が多かったんで、つい」

鵠沼の言葉に、村本美術監督は苦笑いして、自らヨゴシ用の水性ペンキを塗りたくり、ヨシ！　と満足そうな笑みを浮かべた。

「さあこれでＯＫだ。いつでも取材して貰っていいからね！」

＊

取材班の動向を月影に探って貰い、同時に現地の人にも取材の連絡があったら知らせて欲しいと頼んでいたので、鵠沼はＭＨＫのすべての取材にひそかに立ち会うことが出来た。

鵠沼自身が前面に出てはあとあと差し障《さわ》りが出てくるだろうから、取材対象である現地の地主さんや郷土史研究家、観光協会の人などと事前に打ち合わせを重ねて、礼金も渡した。早い話が、「買収」をして念書も書いて貰った。「歴史改竄《かいざん》については決して口外しない」という念書だ。

鵠沼は、「月影の側近」として取材を遠くから「監視」することにした。サングラスをかけて帽子を被ったマスク姿は如何にも怪しいが、仕方がない。取材がマズい方向に行きそうだったら、人を介して物申すつもりだった。

だが、現場では驚くほどに問題は起きず、MHKの取材ディレクターも現地人の言うことを素直に聞いて「なるほど、そうだったんですね！」とひたすら感心するばかり。疑問を呈することはまったくなかった。

スタジオでのトーク収録にも立ち会った。月影がアドリブで妙なことを口走ったら、すかさず収録を止める覚悟だったが……これまた問題なく進んで、司会は月影の言うことに大きく頷くばかり。レギュラーの局アナ、月影お気に入りの美女・藤枝美加子も、戦争犯罪のくだりでは涙すら滲《にじ》ませた。月影が、自分の祖父が犯した戦争犯罪に深々と謝罪して、カメラに向かって大きく頭を下げ、はらはらと落涙《らくるい》したからだ。

あまりにとんとん拍子《びょうし》にコトが進んだので、月影は大喜びして鵠沼を褒め称《たた》えた。

「先生っ！　アンタは凄い！」

鵠沼の和風建築オフィスにやってきた月影は、手土産《てみやげ》のシャンパンをポン！　と開けた。

「さ、そこなお嬢も、どうかご一緒に」

月影は鳥飼を「お嬢」と呼んだ。

「いやしかし、まだ番組は放送されていませんし、放送後の反響もきちんと確認しないと、ですよ」

そう心配する鳥飼を、月影は見据《みす》えた。

「君ね。君はこの業界のことを知らないね。取材でもスタジオでも、私の主張する一族の歴史に文句は出なかったし、反論もツッコミも一切なかった。ドキュメンタリーでもドラマでも、撮ったものを使って編集して番組は完成するんだ。いいかね、つまり、『撮ったもの』以上のものにはならないんだよ」

月影は、自分の目論見に沿った内容になっていることを既に確信している。

「しかし……ナレーションが入りますよね？　よく、ナレーションやテロップで映ってる人を皮肉ったり揚《あ》げ足取ったり疑問を呈したりする演出、あるじゃないですか。街頭インタビューで一生懸命喋ってる人に、ナレーションが『いろいろ言ってるけどバカである』みたいなことを言っちゃうの」

「ＭＨＫは、そういうことはしない。そもそも、この『人にヒストリーあり』って番組はお笑いバラエティじゃない、真面目《まじめ》なドキュメンタリーなんだから。それに、私は一応、日本を代表する時代劇の役者だよ。そんな失敬な扱いをするはずがない」

「でも……」

「いやしかし司会の藤枝美加子アナウンサー、やっぱりＭＨＫ一の才女だね、実に美しかった。その彼女が、私のために泣いてくれたんだよ！」

月影は興奮して声が大きくなった。

「ごもっともです、センセイ」

鵠沼が割って入った。

「まあ、センセイのご経験からして、今回は切り抜けられた、というご判断ですね」

「そうとも！　みんなアンタの御手柄だ！」

いやいや恐縮です、と鵠沼は照れてシャンパンを飲み干《ほ》した。


番組のオンエアの夜。

鵠沼の自宅兼オフィスに月影がやって来て、鳥飼ともども三人で放送を見ることになった。

夜のニュース番組が終わり、いよいよ放送が始まった。

それまで饒舌《じょうぜつ》に、局アナの藤枝美加子ちゃん、おれ大のファンだし彼女もおれのファンなんだよねなどとまたしても自慢していた月影が、急におとなしくなってしまった。さすがに緊張しているのだ。編集でどうイジられてしまったのか、鳥飼には大丈夫だと豪語したが、やはり不安なのだろう。

「こんばんは。『人にヒストリーあり』、今夜は時代劇と言えばこの方、俳優の月影英之介さんをお招きしました」

司会の藤枝アナウンサーは、月影が惚れこむのも当然の、楚々《そそ》とした知的美女だ。

「東大理学部だってよ。アタマいいよねえ」

月影は彼女のこととなると口を極めて褒めちぎる。

そんな彼は、当たり役の「無法松侍《むほうまつざむらい》」の剣の構えをして「このおれが、悪党どもは容赦《ようしゃ》しねえ。一刀両断っ！」と叫んで登場するや、めちゃくちゃ照れてみせた。

「済みません。こんな教養番組にベタな登場をしてしまって……」

「いえいえ、さすが月影さんです！」

藤枝アナと芸人の今俵耕一《こういち》は大ウケして迎え、番組は順調に滑り出した。

実際、番組の出来上がりは月影の言うとおりだった。

放送を見ると、実にキレイに仕上がっていた。判明している花山家の祖先は梶原景時に連なる、として、鵠沼と村本が仕込んだ古い墓石や祠、そして撮影所美術部の「書き屋さん」に書いて貰ってヨゴシをかけた古文書が登場して、いやが上にも信憑《しんぴょう》性は高まるばかり。郷土史家は登場しても歴史学者が登場しないのがミソだ。MHKも、いろいろ判った上でやっているのかもしれない。

番組のクライマックスは、月影の祖父の大陸での「諜報活動」の部分だ。本当は私利私欲のためだった悪事を、巧妙に「日中戦争遂行《すいこう》のため、大陸中国の政治経済と市民生活を混乱・攪乱《かくらん》させる目的」という大義名分を付けて、そのまま提示した。だから、祖父の花山清太郎のやった行為自体にウソはない。動機と経緯が違うだけだ。

すべてを陸軍と戦争のせいにしたが、もちろん、戦争犯罪には重厚なナレーションが入って、犯罪行為は厳しく批判され断罪された。しかしそのすぐ後には涙を流して謝罪する月影のアップが入り、司会の藤枝アナウンサーも涙ぐみながら「すべて戦争が悪いんですよ。お祖父様も戦争の犠牲者ですよね」とフォローした。共同司会の今俵も神妙な面持ちで、「戦争は、二度と起こしてはいけませんね」とダメ押しをした。

そういう極めて理想的な流れになったので、月影が批難される局面はまったく訪れないまま、番組は無事、終了した。

「見事な出来上がりだね！」

月影が感嘆の声を上げた。それは鵠沼も鳥飼も同感だ。ヤバいところは巧みに避けて、とてもキレイに仕上げている……と言ってもタブーから逃げたわけではなく、闇《やみ》を感じさせる部分にもきっちり触れている。構成と編集が実に巧みなのだ。

「ことにあの妙なマーク。おどろおどろしくて印象に残りますね」

鵠沼が感想を口にした。

「これ、流行《はや》りますよ！」

と、鳥飼も言った。

「村本の腕は確かだな、やっぱり」

月影は村本美術監督の手腕を褒めちぎった。

「ほらみろ！　心配ご無用だったんだよ！　しかし花山一族の、まるで古墳みたいな墓とか、咸臨丸に乗ってたとか、よくぞあそこまで盛ったね！　最初のインパクトで、そのあとの展開にも、格段に信憑性が増した感じだね！」

月影は興奮して鵠沼と鳥飼に握手を求め、ハグを繰り返した。

「あ！　見てください！」

スマホを見た鳥飼が叫んだ。

「検索ワードのトップに月影英之介。Twitterにも書き込みがたくさんです！」

「まさか……悪口じゃないだろうな」

月影は少したじろいだが、鳥飼に渡されたスマホを見て笑い出した。

『月影の祖父《じい》さん、ヤバいな。本物の秘密諜報員だってよ！　天皇陛下の００７か！』

『涙の謝罪に感動して、貰い泣きした』

『祖先が梶原景時の親戚ってスゲーな』

『あの謎のマークがすげー不気味。マジの秘密結社ってカンジ』

と、肯定《こうてい》的感想が並んでいる。

「おれの好感度、爆上がりだ！」

月影は鼻高々だ。

「よし！　今夜はパーッと行こう！　もちろんおれのオゴリだ！　銀座《ぎんざ》に繰り出そうぜ！」

「銀座って……あの、私、女なんですけど」

鳥飼が抗議する感じで言った。

「君は知らんのか。銀座の高級クラブは、エグゼクティブな女性もたくさん来て、楽しく過ごせる上品な社交場なんだよ。お酒の前に美味《おい》しいモノを食べよう！」

その夜、三人は銀座のフレンチを皮切りに文字通りの豪遊をした。行く先々で「月影先生、拝見しましたよ」とあちこちから声がかかり、月影英之介はそのたびに破顔一笑し、求められるままにサインをした。

「いやあ、あの人たちはホントは見てないんだろうけど、褒められるのは嬉しいね！」

たしかに放送したのはさっきだから、彼らはどうやって視聴したのだろう？　路上で見たのか？　最近はスマホからテレビが観られるけれど。まあお世辞に対してツッコむのはヤボだ、と鵠沼は言葉を飲み込んだ。

「とは言え、いい気分だなあ。鵠沼先生、これもみんな先生のおかげだ！」

銀座の高級クラブで美女に挟まれて、月影はご満悦だ。

「さ、どんどん飲んでくれたまえ！」

昔の映画スターは一晩で何百万も使う大豪遊をしていたらしいが、月影にもその片鱗《へんりん》は窺える。とは言ってもほんの僅かだが。

「その分、弁護士料も」

「皆まで言うな。判っておるよ」

月影は殿様口調で上機嫌《じょうきげん》に言った。

「ねえねえ月影ちゃん、あなたもう、若い子にも人気者じゃない？」

クラブのママがスマホを片手に微笑んだ。

「祖先の過《あやま》ちを素直に認めたのが良かったみたいね」

月影は鵠沼に黙礼した。

その鵠沼も、慣れない高級なお酒を飲んでかなりいい気分になっていた。

「先生。ここで浮かれたらダメですよ」

その横で、居心地悪そうにしている鳥飼が小声で注意した。

「こういうの、絶対どこかに落とし穴が待ってるんですから」

「鳥飼さんは心配性だからなあ」

「私、苦労してるんで」

「さあさあ鳥飼さんも何か飲んでよ。下戸《げこ》だっけ？　じゃあ最高級ソフトドリンク！」

月影は勝手に「特製スペシャルフルーツパフェも！」と叫んでガハハハ！　と豪傑笑いをした。


翌日。

慎重派で心配性の鳥飼の影響を受けて、酔いが醒《さ》めた鵠沼は、生来の小心さが顔を出した。自分の捏造がバレやしないかと、次第にハラハラドキドキが募《つの》り始めた。

顔を洗い朝食を食べているときまでは平穏だった。

だが……九時になった瞬間、電話が鳴り始めた。受話器を取ると相手はすぐに切ってしまうが、またかかってくる。無視して電話線を抜いてしまえばいいようなものの、時々、仕事の電話もかかってくるだけにそうも行かない。並行して使っている電話受け付けサービスからも「無言電話が多く着信しています」と報告が入った。

電話だけではない。ファックスも同じだった。真っ白なナニも書かれていないものが延々流れてくると思ったら、今度は真っ黒でインクを浪費するだけのものが続々着信する。

メールもそうだ。文面が空白のみの空メールが山ほど来る。それだけならいいが、中には罵倒《ばとう》を並べた文面、グロ画像が添付されているものまで着信した。

九時三十分にやってきた鳥飼は、電話鳴りっぱなしファックス垂れ流し、そして怒濤《どとう》のメール着信の阿鼻叫喚《あびきょうかん》に言葉を失った。

「電話はほとんどが無言で切れるんだけど、時々、『過去を掘り返すな』とか『黙っていたほうが身のためだ』とか『大陸であったことに触れるな。命が惜しければ』っていう意味不明のことを口走るヤツもいるし、そういうファックスも来る。どこに行ったたっけな」

鵠沼はファックスが山ほど受信した紙を漁《あさ》った。

「すぐには見つからないけど、そういうメールだって来てるんだ」

「なにかの呪文《じゅもん》でしょうか？　祟りとか？」

「イヤなこと言うなよ……」

二人とも最初は、電話が鳴るたびにギクッとしていたし、ファックスの紙が浪費されると腹が立ったしメールの着信音が響くたびにぎゅっと目を瞑っていたが……。

やがてそれにも次第に慣れてきた。鵠沼や鳥飼の神経は普通のヒトより図太いのかも知れない。

「朝九時からこれだ。誰かの命令で、業務開始と同時に無言電話を始めたみたいだ」

いちいち応答していると仕事にならないので、鵠沼は事務所のサイトに「しばらくの間、電話やファックス、メールは受け付けられません」とのアナウンスを出した。現在請《う》けている仕事でやり取りが必要な相手には、急遽《きゅうきょ》借りてきたレンタル携帯電話の番号と、新しく取得したメールアドレスを伝えた。そして無駄に鳴るばかりの電話と、白紙ファックスを垂れ流すだけの電話線を抜き、既存のメールについては受信しない設定にした。

が、正体不明の敵は、新たな作戦を繰り出してきた。

まず、五十人前の握り寿司が届き、同じく五十人前の天ぷらそばが届いた。ウーバーイーツが来て高級ステーキ弁当が二十人分届き、出前館は中華弁当を、これまた五十人分運んできた。

「申し訳ないが、こういう注文はしていない！　今、猛烈な嫌がらせを受けていて、いつもの電話もスマホも使っていないから、そもそも注文が出来ない筈《はず》なんだ！」

鵠沼が運んできた人たちに説明していると、今度はアマゾンの配達が来て、巨大な段ボールが幾つも運ばれてきた。中身は高級家電やフィットネスマシーン、アニメキャラの等身大フィギュアなどが続々と届いてしまった。

それについてもすべて、「ボクは弁護士だ！　法的措置《そち》を取るから、とにかく持って帰ってくれ！」と押し切って、なんとか凌《しの》いだ。しかしそれでも、近所のそば屋が親子丼二十人前を必死になって持ってきたときはさすがに気の毒になって、鵠沼と鳥飼の二人で、なんとか食べきった。

「月影さんは大丈夫か？」

これほどの攻撃があるのだから、もしかして月影にはもっとひどい攻撃が来ているはずでは、と危惧《きぐ》した鵠沼が電話を入れると、いつもの朗《ほが》らかな月影の声がした。

「え？　無言電話？　ないですよ。白紙ファックス？　ウチにはファックスはないし、携帯にメールも来ないね。静かなものだ」

どういうことだろう？　正体不明の『敵』は、月影ではなく、鵠沼を標的にしているという事か？

しかし……どうして？

狐《きつね》に摘《つ》ままれたような感じのまま、一週間が過ぎた。

そのうちに……だんだんと敵の攻撃は弱くなってきた。嫌がらせの出前もアマゾンの架空配達も、お店や会社の方で最初から受け付けなくなった。嫌がらせメールもメーラーが弾《はじ》くようになり、無言電話の本数も激減して……組織的な攻撃は、ゆっくりと減っていった。

「やれやれ、やっと収まったか。考えてみればこの一週間、ネットでは月影さんをアゲる書き込みばっかりで、ディスりは無視していい程度だった。一方、正体不明の『敵』がウチに仕掛けてきたのは物理的な攻撃ばかりだ。ネットでボクを炎上させてもいいのに、それはない。なんだか、攻撃がアンバランスで、気味が悪いなあ」

鵠沼は明らかに気が緩《ゆる》んでいるが、心配性の鳥飼は「危機管理モード」を解除することなく、警戒《けいかい》を続けている。

しかし……好事魔多《こうじま》しというべきか、ついにその日はやって来た。

恐れていた事態が訪れてしまったのだ。

「月影英之介は大嘘つきだ！　『人にヒストリーあり』はすべて大嘘！　ガセ‼」

そんな見出しのネットニュースが、朝からネットを駆け巡った。それは「文秋砲《ぶんしゅうほう》」として名高い「週刊文秋」のネットニュースだった。

『まず番組に登場した墓。神奈川県高座郡寒川町の山あいの森林の中にある、一族の祖先の墓とされるモノは、花山と称する一族とも、梶原景時とも、まったく何の関係もないことは明らかだ。何故ならあの漬物石のような形状の墓は、私の一族の墓であるからだ』

という衝撃的文章で始まるこの記事は、ＭＨＫの番組を全否定していた。

『就中《なかんずく》噴飯物なのは、月影英之介の曽曽祖父と称する徳川幕府御家人・花山義忠なる人物が勝海舟とともに咸臨丸に乗りアメリカに渡った、というデッチアゲである。証拠とされる集合写真は巧妙に作られたニセモノで、元になるオリジナル写真が存在するし、浦賀にある記念碑と称するものも既に存在しない。あったとされる場所に行ってみたが、現場の土は掘り返されており、その跡は新しい。つまり、番組の取材で撮影されたのち、速やかに撤去《てっきょ》されたのに間違いなかろう』

用意周到なはずだった「歴史的証拠物件」が、次々とニセモノ判定されていく。

『極め付けは、月影の祖父・清太郎についてである。清太郎が日本軍の命を受け、中国において諜報活動・破壊活動に従事していたという事実は、ない。まず、花山清太郎が属していたという旧日本陸軍の秘密組織は、存在すらしていない。秘密とはいえ、書類にまったく登場しないという事はあり得ない。予算獲得の都合上、秘密組織の代替え部署は必ず存在するのだが、その痕跡《こんせき》がまったくないのだ。さらに番組に登場した栃木《とちぎ》県の山奥にあるという秘密基地の廃墟は、未完成のまま放置された旧鬼怒川発電事業会社の発電所跡である。花山清太郎自身も中国当局に殺人・暴行・脅迫・窃盗《せっとう》・麻薬密売・詐欺《さぎ》・人身売買などの重大犯罪で何度となく逮捕・拘禁《こうきん》されているが、中国当局の役人にワイロを渡しては保釈されることを繰り返していた粗暴で凶悪な犯罪者に過ぎなかったのである』

文章には、反証となる「現場写真」や「歴史的オリジナル写真」が添えられている。まさに用意周到であり、反論の余地がまったくない。

『こんなナンセンスな番組を放送したMHKの見識を問うとともに、番組中、戦争犯罪に謝罪した月影英之介の厚顔無恥さにも呆れ果てる。そして私は、まさにこの茶番も極まりと言うほかはない「歴史改竄」に、人生ロンダリングを謳《うた》う悪徳弁護士が介在していることも掴んでいる。以下、次号に詳細を書く予定である』

このスキャンダラスな暴露記事を書いたのは、静謐《せいひつ》女子大学文学部教授の忠山久志《ただやまひさし》という人物だった。

自宅仕事部屋のパソコンでもその記事を目にした鵠沼は、画面を凝視《ぎょうし》したまま凍りついた。

「破滅だ……」

ネット民の矛先《ほこさき》が鵠沼に向くことはなかったが、その溜まったパワーが一気に爆発する感じで月影への攻撃が始まったのだ。まるで何者かに指令を受けたかのように。

しかしこの忠山って、何者だ？

鵠沼が頭を抱えていると、ドタドタと足音がして、怒り心頭の月影が不動明王《ふどうみようおう》のような形相《ぎようそう》で乗り込んできた。それを必死に押し止《とど》めようとして腰にタックルしているのにズルズル引き擦《ず》られているのは鳥飼だった。

「鵠沼っ！　貴様っ！　なんだこのザマは！」

月影はヤクザの親分のようなドスの利《き》いた声で怒鳴《どな》った。

「だから、周到なウソをつけと、あれほど言っただろうが！」

ここに刀があれば、すぐさま叩き斬《き》ってやる、という勢いだ。先日まではあれほど喜んでいたのに、完全な掌《てのひら》返しだ。

「お前らに高い店でメシ食わせて、銀座で飲ませて大損したわっ！　恩を仇《あだ》で返すのかっ！」

「お願いです！　月影さん、ちょっと落ち着いてください」

鳥飼が必死に宥《なだ》めた。

「落ち着けるか！　このバカモノ！　おれはもういい恥さらしだ。一夜にして嘘つきのクソ野郎になり下がってしまった！　好感度は一気に大暴落だ！　次のドラマの仕事、キャンセルになるかもしれん。そうなったら損害賠償を請求するぞ！」

「そんな無茶な。そもそも、ニセの家系をでっち上げろと命じたのは月影さん、あなたなんですよ？」

「だから、くれぐれも上手くやれと言ったはずだ！　なのにこのテイタラクはいったいなんだ！　お前らがヘマしたからだろう！　しくじったからだ！」

「いやしかし……あの忠山教授とやらが、放送からわずか一週間で、ここまでのことを調べ上げたのは、完全に想定外というか、実にたいしたものではありますが……」

ネットでは、月影と番組のウソを告発した、静謐女子大学文学部教授の忠山久志が褒めちぎられている。

『鋭い推理と検証が素晴らしい！　さすが本職の学者‼』

『嘘つきの月影と、その手下の怪しげな弁護士を完膚《かんぷ》無きまでに論破した忠山教授は凄い！』

『言うだけじゃなく現地まで行って証拠を押さえてきたのは警察並みの捜査力！』

などと、手放しの大絶賛だ。

ネットでの注目ワードに「忠山久志」が上がり、一躍大注目されて、人気も急上昇のようだ。

ワイドショーも月影のスキャンダルを追い始めている。

「おれのスマホは電源を切ってあるから、現在おれは行方不明だ。ここの場所も誰にも言っていない。ウチのマネージャーも、アンタがこの件に介在している事はまだ知らない」

月影はそう言って、オフィスにあるテレビをつけろと命じた。

鳥飼がスイッチを入れるとワイドショーが始まっていた。毒舌が売りで、自分に甘く他人に手厳しい男が口を尖《とが》らせて、月影と番組がついたウソを追及している。

「だいたいね、自分の親や祖父さんの経歴を美化して盛るって、よっぽど自分に自信がねえんだなって思う訳よ。以前に共演したこともある時代劇のスターを、おれは悪く言いたくはないけどさあ。ノンちゃん、どう思う?」

「そーですねー、やっぱり時代劇のスターっていう名前を守りたかったんやと思いますけどね……せやけど、月影さんのお爺さん、もんのすごいワルですやんか。悪い事で、やってないことがない凶悪犯? 犯罪のデパート? 驚きですわ。人殺しですよ」

「そうだよねー。それを全部、日本軍の戦争犯罪にしてしまったのも驚きだよね。その辺どうですかヒロキさん」

「ありえないよな! 月影って人、確かにスターだけど、スターならナニをしてもいいのかっていう。ご先祖があまりにもワルすぎるから全部戦争のせいにしちゃえって、ムシがよすぎないか? ジイさんの悪事を泣いて謝るって何だよそれ? ウソをつくにも限度ってものがあるよなあ……」

「そうだよね。そう思います。ここで、この件を告発して、『人にヒストリーあり』の番組内容を完全否定した、ゲストの忠山教授に入って貰います。教授、どうぞ!」

そこに登場した忠山教授と称する人物は、瘦《や》せて若ハゲの貧相な中年男だった。ペラペラのスーツを着て資料を小脇に抱えての登場だ。

「まずみなさんに観て貰いたいのは」

教授はやおら家系図をマグネットボードに貼り始めた。

「桓武天皇から始まってるというこの主張ですよ。これがホントだとすると、月影さんは天皇の子孫ってことになる。冗談じゃありません。どれだけこの家系図が嘘八百かと言うことです」

忠山教授は、この家系図が如何にいい加減なものであるかを説明し始めた。

「ご覧ください。これとこれ。この赤丸を付けた人物が要注意です。まず、幕末の徳川幕府御家人で勝海舟とアメリカに行ったと紹介された『花山義忠』という人物。そもそもこの人はアメリカには行っておりませんし、もっと言えば御家人ですらなく、武蔵《むさし》国足立《あだち》郡花又村、今の東京都足立区花畑で農業をやっていたことが判りました。のちに御家人株を買って成り上がったのです」

教授は長い指示棒の先端で、「花山義忠」の名前をパシパシと叩いた。

「ついで、花山義忠の孫である花山清太郎ですが、これは日本軍の諜報員ではなく、ただの悪党です。既にネット記事に書きましたが、これが、この花山清太郎に対し中華民国警察などが発行した逮捕状や収監状、起訴状や判決文です。現存するものはすべて集めました」

教授はそれら古い書類をマグネットでポンポン止めていく。

それをテレビでぼんやり見ていた鳥飼が、首を傾げた。

「だけど……なんかおかしいと思いませんか？」

「というと？」

鵠沼が訊いた。

「この忠山って学者、用意周到すぎません？　ここまで調べるのにはかなり時間が必要だと思うんです。ほら、この中華民国政府発行の書類なんか、現物の入手はおろか、存在するかどうかさえ、調べ上げるのはものすごく大変だと思うんです」

「……それは、そうだな」

月影が我に返ったように、冷静な声を出した。

「こいつ、おれになんか恨《うら》みでもあるのかな？」

同級生でもないのに、と大スターは首を捻《ひね》った。

「女の子を取り合ったとか？」

鵠沼が冗談《じょうだん》めかして訊いたのに対して、月影は更に首を捻った。

「だから、小中高と、こんな奴と一緒になった記憶がないんですよ。おれは大学行ってないし」

「たとえば教授が元、映画会社の社員か下っ端で、月影さんにいじめられたとか？」

「こう言っちゃなんだが、おれは、末端のスタッフに至るまで分け隔《へだ》てなく接することをモットーとする『愛される男』なんだよ。この男を現場で見掛けた記憶もないし」

月影はそう言って考え込んだ。

「とにかく、この忠山って大学教授をなんとかして黙らせてくれよ。いや、この男が広めてる、おれへのマイナス評価をなんとかして欲しい」

月影はスマホを見て溜息《ためいき》をついた。

「ほら……絶賛大炎上中だ。月影は大嘘つきだホラ吹きだ、嘘がバレてトンズラしてる腰抜けだインポ野郎だって……もう散々だ」

月影はガックリ肩を落としている。

「いっそこのまま逃げようか……ドバイとかに」

「お仕事はどうするんですか？」

自分も逃げ出したい鵠沼だが、そうもいかない。弁護士の資格は日本でしか通用しないから、外国に行ったら「タダの人」になってしまう。だが鳥飼は言った。

「月影さん！　そして先生！　私は断固、戦うべきだと思います。あの忠山教授って、なんか臭《にお》いますよ。何かありますよ、絶対！」

ふたりの男は、う〜んと唸《うな》った。

「それはあれかい？　女の勘ってやつか？」

月影はそう言って、慌てて口を押さえた。

「女の勘とか言うと、性差別に当たるんだろ？」

「微妙なところですね」

と鵠沼は答えた。

その時、玄関のチャイムがピンポンピンポンピンポン、と乱暴に連打された。

反射的に何かを悟った月影が奥の部屋に逃げ込む。

鳥飼が応対に出る前に、どすどすと、三人の男が鵠沼の屋敷に勝手に入ってきた。鍵《かぎ》をかけていなかったのだ。その三人の中には忠山教授もいた。

他の二人はお揃《そろ》いの紺《こん》のブルゾンを着て、小型ビデオカメラを構えている。

そのブルゾンの背中には、見覚えのある、星のような目のようなマークが描かれている。

「どうも。忠山という者です」

しかし忠山教授は、ワイドショーに出演中だ。

「あれ？　あなたは今テレビ局にいるのでは？」

「あれは録画。私の部分は昨日録画したものだ。番組としては、私が何を口走るのか怖いから録画にしたらしい」

忠山教授は、カメラを構えた二人を紹介した。

「このお二方は、突撃系人気ユーチューバーのへまだぴゅうさんと、その弟子《でし》の『見届け人』さん」

二人はカメラを構えたまま「どうも」と短く挨拶《あいさつ》した。

「ところであなたは弁護士の鵠沼千秋《ちあき》さんですよね？　月影英之介さんの、嘘偽《いつわ》り、デマホラ番組の仕掛け人の」

突撃されては、逃げ隠れ出来ない。

「いかにも、左様ですが」

鵠沼にも、月影の口調が感染《うつ》ってしまっている。

「弁護士なのに、どうしてあなたはウソ偽りを広めるという犯罪行為に荷担したんですか？」

さあ困った。鵠沼は一撃目で早くも追い込まれた。月影の言い分をついつい信じてしまった、と月影のせいにすることは出来ない。たぶん今までのやりとりも、既に盗聴されているかもしれない。

かと言って、「あれはウソではない。真実だ！」とも言い張れない。でっち上げたのは事実だし、撮影所美術部の村本美術監督が本当の事をバラしてしまったら、鵠沼の罪は一層重くなる。すべての事情を承知の上で「捏造」に荷担したのだから。いや、知恵を出して「捏造」をいっそう精緻《せいち》なものにして、協力者を募り、実際に工作を実行さえしたのだから。

村本氏は「仕事として請け負《お》った」と言えば責任が生じることはないだろうから、全部喋ってしまうかもしれない。その場合を考えると、事実からあんまりかけ離れたことを今言うと、バレたときに収拾がつかなくなる。

鵠沼は窮地《きゅうち》に陥《おちい》った。

「弁護士は、依頼人の言い分に寄り添うのが仕事です。今回、私は月影さんの主張に沿ったお手伝いをしたまでです」

「じゃあ弁護士は、たとえば泥棒がどこかに盗みに入る計画を練る依頼をされたら、一緒に考えるわけですか？　誰かを殺す計画とか、巨額のお金を騙し取るとか、そういう依頼にも協力するんですね？　たとえそれが世界征服の陰謀であっても？」

「まさか。そういう反社会的なことには荷担しません！　あなたは喩《たと》えが極端すぎます！」

鵠沼は抗議したが、忠山教授はまったく怯《ひる》まない。

「しかし自分の一族の履歴を作り替えるのは、ウソをつくことですよね？　嘘つきは泥棒の始まりというけど、ウソをつくのは良くないですよね？　いえ、明確に悪い事ですよね？」

子供を諭《さと》すような口調になった忠山に、鵠沼は弱々しく言い返した。

「ですから、ウソも方便とか申します。すべてのウソが悪いわけではないです」

「ほお。では、どんなウソなら良いのですか？　政治家の公約ですか？」

忠山教授は呆れ果てた、というように大袈裟《おおげさ》に肩をすくめて見せた。

「それは……たとえば不治の病の患者に正確な余命を告げないとか……」

「その喩えはまったく月影さんの場合に当てはまりませんよね。それとも月影さんは不治の病に冒《おか》されていて、彼の最期の願いをみんなで叶えてあげようという事だったんですか？」

「いいえ……そういうわけでは」

「だったら、月影さんの嘘に、弁護士であるあなたも乗っかって、そのウソをより強固で説得力のあるものにしたわけですね？　そうすれば、あなたは儲かるわけですよね？　あなたは自分の利益のためにウソをでっち上げて、現場の工作に専門家を動員した。違いますか？」

鵠沼は完全に追い込まれてしまった。

「……ノーコメントです」

「そもそもこの行為は、弁護士法違反では？　鵠沼先生は弁護士資格を剝奪《はくだつ》される可能性があるのでは？」

「そ、それは困る！」

さすがに鵠沼は慌てた。一つ仕事をしただけで一生モノの資格を取り上げられては堪《たま》らない。

「だったらどうして、役者の嘘に付き合ったんですか？」

「だから、それは依頼されたからです」

「ではあなたは、依頼されたら泥棒でも殺人でも何でもやるんですか？」

忠山はさっきの喩えを繰り返した。

「だからまた、どうしてそう極端なことを言うんです？　私は違法なことはしませんよ」

極端すぎる忠山の主張に、鵠沼は怒りを堪《こら》えるだけで必死だ。

「虚偽の経歴を用意するのは違法ではないのですか？」

「すべて過去の事です。故人のことです。今生きている月影さんの経歴を詐称《さしょう》したわけではありません」

ユーチューバーは撮影に専念して口を挟んでこない。こういう口撃は教授の方が上手いと判断してのことだろうか？

「しかし、月影さんの直系の祖先の来歴を書き換えることは違法では？　戦争犯罪に関する部分もそうです。歴史を改竄することは違法では？　架空の遺跡や歴史的写真をでっち上げて公共の電波で流すのは虚偽の流布、ひいては私文書偽造、公文書偽造にあたるのでは？」

「そうおっしゃるならボクも言いましょう。最近の政治家は歴史を改竄したり、財務省の書類を書き換えたり破棄させたりしてますが、それはいいんですか？　国家権力については一切不問なのに、一介の私人にすぎないボクがこうまで追及されて、弁護士生命の危機にまで晒されるのは、法の下の平等に反します。そもそも徳川家康をはじめ戦国武将はみんなルーツが源氏だと偽っていたではありませんか！　そういう歴史的事実はどうなるんですかっ！」

「おのれ、盗っ人猛々《たけだけ》しいとはこのことだ！　このインチキ三百代言めがっ」

「なあにぃ？　もう一度言ってみろ！」

我慢の限界に達した鵠沼が、近くにあった電気スタンドを摑み、忠山に投げつけようとしたところで、鳥飼がすっ飛んできて彼を羽交《はが》い締《じ》めにした。

「ダメです！　暴力はいけません！　ここは我慢です！　堪えてください先生！　殿中《でんちゅう》でござる！」

鳥飼にまで月影の口調が移っている。それを見た忠山教授は腹を抱えて笑っている。

「ハイ論破！　鵠沼弁護士は自分の罪を認めて、月影英之介の祖先に関する来歴の改竄を認めました！　これにて一件落着！　我が軍大勝利！　完全試合達成！　鵠沼・月影連合軍は無条件降伏で〜す！」

忠山教授とユーチューバーはバンザイ三唱するや、さっさと帰っていった。

嵐が過ぎ去って、鵠沼は放心状態でドサッと椅子に座り込んだ。

デスクにあった飲み掛けだったコーヒーを飲むと、彼は冷静さを取り戻した。

そこに襖がそっと開いて、月影が入ってきた。

「君。なんか……矢面《やおもて》に立たせて、済まんね」

「いえ、ここは月影さんに出て来られると、いっそうややこしい事になったと思うので、鵠沼先生が対応して正解です。トラブった時には代理人として、弁護士が出てくるのは普通のことですから」

鵠沼に成り代わって鳥飼がハッキリと言った。

「そう。そう言ってくれるのはありがたいが……」

鳥飼が助言する。

「それと月影さん。今日はご自宅には戻らない方がいいと思います。どこもみんなマスコミが張っていると思いますよ」

「それじゃ、カノジョのところにでも行くか……いや、ダメだ。今、迷惑をかけるわけにはいかない」

鵠沼が提案した。

「じゃあ、ほとぼりが冷めるまで、ウチに滞在されてはどうですか？　幸い部屋は余ってますから。その代わり、お手伝いさんはいないので、身の回りのことは自分でやってくださいね」

「いいよ。メシは出前かウーバーイーツで届けて貰おう。洗濯《せんたく》は……洗濯機とかはあるんだろう？」

「ありますが、着替えなどはどうします？」

などと話していると、鳥飼が「私、ちょっと出かけてきます」と言いだした。

「買い物に行くんだったら、月影さんのパンツとか買ってきてくれないか？」

などと、些末《さまつ》なことを言っていた鵠沼が、突然、「あ！」と叫んだ。

「どうしたんです？」

と、鳥飼と月影が心配して訊いた。

「どこか悪いの？」

「違います！　あのマークですよ！　ダビデの星みたいなフリーメーソンの目みたいなマ

ーク。好き勝手やって帰った忠山についてきたユーチューバー、アイツらが着ていたお揃いのブルゾンの背中に描いてあった。あれは……月影さん、あなたのお祖父さんの手首に入っていた犯罪組織の刺青の模様じゃないですか。そして……そうだ！　あの女、細井加世子が持っていたノート、ほら！　月影さんにサインを書いて貰った、あのノートの表紙にも同じマークが書いてあったでしょう！」

これで繋がったぞ！　と鵠沼は掌に拳を打ちつけた。

「彼らはみんな、同じ穴のムジナです！　戦前の危険な犯罪組織と、あの細井加世子にはもしかして、何かの繋がりが……」

鵠沼は、すべて判ったという興奮で部屋の中を歩き回った。

「ふふふふ。邪悪な女狐《めぎつね》め。この鵠沼の目は誤魔化せないぞ！」

興奮を抑えきれない鵠沼を尻目に、鳥飼は外出しようとしている。

「ん？　何処《いずこ》へ？」

「先生は勝手に盛り上がっていてください。私は忠山教授のところに談判に行くんです！」

「あの男のところに？　談判って何を？」

「やめたほうがいい。鳥飼さん。今はヘタに忠山をいじらない方がいいんじゃないのか？　藪蛇《やぶへび》になるぞ」

鵠沼と月影は口を揃えて彼女を止めようとした。

「いいえ、私は今、モーレッツに腹が立ってるんです！」

鳥飼は、忠山教授の、あくまでも上から目線で、こっちをバカにしきった態度に本気で腹を立てていた。

「あの、人を小馬鹿にしたような、超絶エラそうな態度について、謝罪を求めてきます」

「おいおい、そんな謝罪なんか貰っても、一銭の足しにもならないぞ」

月影は取りなそうとしたが、鳥飼は憤然と、足取りも荒くオフィスを出ていった。

＊

忠山教授が教鞭《きょうべん》を執《と》る静謐女子大の所在地は、千葉の久留里城址《くるりじょうし》の近くということになっている。だが授業のほとんどは東京・錦糸町《きんしちょう》にある大きなビルで行われている。そのビルの一棟全部が「静謐女子大学錦糸町校舎」なのだ。大学の業務はもちろん、授業のほとんどもここでやっている。従って忠山の研究室も、その錦糸町のビル内にある。

グラウンドもない錦糸町校舎だけでは大学の設置基準を満たさないので、千葉の久留里城趾近くに広大なキャンパスを置いているだけなのだ。

鳥飼が忠山教授を訪問する目的はただ一つ。彼を「何もあそこまでひどいことを言わなくても」と糾弾《きゅうだん》し、謝罪を求めることだ。

錦糸町校舎の、教室として使われているフロアが数階分。その上の階に大学の事務管理部門、そして教員の研究室がある。

受付に来意を告げてビル内に入れて貰った鳥飼が薄暗い階段をのぼり、長い廊下《ろうか》を歩いて、やっと忠山の研究室を探し当てたと思った、その時。

忠山の研究室のドアが開いたので、鳥飼は反射的に廊下の角まで走って戻り、身を隠して覗《のぞ》き見た。

中から現れたのは……見覚えのある美女だった。ふっくらした唇が特徴的で、大きな潤《うる》んだ目にサラサラツヤツヤな長い髪、そしてスタイル抜群のスレンダー美女。続いて出てきたのは忠山教授だ。しかも二人は恋人同士のように腕を組んでいる！

「しかし、あなたのような美しい方と夕食までご一緒できるとは……まさに夢のようだ」

「まあ、もったいないお言葉、嬉しいですわ。でも先生は私なんかより、あのＭＨＫの女子アナのことが、本当はまだお好きなんじゃありませんこと？」

「いやいや、あんな女は目じゃないですよ。あなたの美しさに比べれば」

「本当ですか？　だったら、先生の気持ちを知りながら、あの藤枝アナウンサーを横取りした、あの嘘つきの月影を、もっと懲《こ》らしめてやりましょうよ！」

「もちろんだ。この忠山にお任せあれ」

忠山はそう言って胸をドンと叩いて笑った。

「ところで、細井さん、何を食べましょうか？」

「いやだわ先生、細井さんだなんて今さら他人行儀な。どうぞ、加世子って呼んでくださいな」

「いいんですか！」

そう言った忠山は文字通り、溶け崩れそうな笑顔になった。まさにこれ以上はないような浮かれっぷりで、今にも小躍《こおど》りしそうだ。

「それじゃ、細井……いや加世子さん、何を食べます？」

「そうね……この近くのレストランの、チキン・ディアブルなどが食べたいですわ」

「あなたは案外庶民的なんですね。もっと高いものを所望されるのかと思ってビクビクしていましたよ。たとえば……日比谷《ひびや》の超高級ホテルのグリルとか」

「いやですわ先生。私たちは信仰に生きる者です。清貧こそ私たちの美徳です」

細井加世子は甘い声で言った。

「だったら加世子さん、メザシにお粥《かゆ》でいいんじゃないんですか？　チキン・ディアブルすらもゼイタクなのでは？」

皮肉屋の忠山が調子に乗ってそう言うと、美女は「嫌ですわ、先生ったら！」と媚《こ》びるような声を出した。

「私たちだって、たまには美味しいものを食べたくなります」

「そうですね。あなた方の教団のトップは、凄い御殿に住んでますもんね」

なおも皮肉を言う忠山。

「あら、意地悪なのね。あの御殿は迎賓館《げいひんかん》みたいなものですわ。お客様を接待《せったい》するのに失礼がないようにと……外部の方からはいろいろ誤解されていて、実に心外なのですけど」

そう言って美女は、忠山を大きな瞳《ひとみ》でじっと見つめた。

「えらい政治家の先生方をお迎えすることだってありますから」

「ははは。そうですか。まあ、いろいろ大変ですな」

そんな事を甘い口調で喋りながら歩いていくふたりの後ろ姿を見送って、鳥飼は「ははは～ん」と腑《ふ》に落ちた。

「なるほど、そういうことね」


夜になってオフィスに戻った鳥飼はげっそりと疲れた様子で、応接室で鵠沼と月影に相対した。

「興味深いことが判明しました。忠山教授が、なんと、あの梶本議員事務所の女性スタッフと一緒にいるところを目撃しました。しかも、二人はどう見ても普通の仲ではありません」

「梶本議員のスタッフって……あの細井って女の人？」

鵠沼が確認した。

「はい。細井加世子です」

「細井加世子さんが？　忠山教授とも普通の仲ではないって？　でも、彼女は梶本議員とも……」

「そうです。細井加世子は議員と教授に、言わば二股をかけているのです」

鳥飼は断言した。

「二人は研究室から出て来て、仲よく錦糸町のレストランに入り、チキン・ディアブルやポークソテーなどを食べておりました」

鳥飼はスマホで撮った写真を二人に見せた。

「解《げ》せませんね。どうしてこの二人が？　どうやって知り合ったんでしょう？」

鵠沼は腕を組んで沈思黙考した。

「私、静謐女子大学のキャンパスでそれとなく、忠山教授について、どんな人物なのかを探ってみたんです。学生さんをつかまえて」

鳥飼は手許《てもと》のメモを開いた。

「根に持つ。嫉妬《しっと》深い。執念深い。一度思い込んだらそのまんま、というマイナス評価ばかりで、およそ人に好かれるタイプではないようです」

「そういう男が、どういうわけか私、この月影を嫌いになってしまったと？」

月影も腕を組んで首を傾げた。

「まあ、役者なんて人気商売で、誰が見ているかも判らないし、誰に好かれて誰に嫌われてるのかなんて、いちいち気にしても仕方ないんですがねえ……」

「月影さんが忠山教授に憎まれた理由は、ずばり、女性を取られた嫉妬です」

鳥飼が断言した。

「えっ⁉　今まで存在すら知らなかった大学の先生から、どうして私が女性を奪ったりできるんです？」

「正確には惚れた女性を横取りされた……と言いますか、つまり忠山教授のマドンナだった藤枝アナウンサーに月影さんが好意を寄せ、藤枝アナがそれに応《こた》えたことに対する嫉妬です」

そう言った鳥飼に、月影は首を振って「意味が判らない」とボヤいた。

「それはたしかに以前、私は藤枝アナウンサーと一時噂になったよ？　しかしそれだって、インタビューされたあと、お礼に一緒に食事をしていたところを写真に撮られて、グラフ誌に載っただけじゃないか。なぜそれがマドンナを横取りって話になるんだ？」

「まさに学生さんの言う通り、忠山センセイは非常に思い込みが激しいんじゃないでしょうか」

鳥飼は自分のカバンを取って中に手を突っ込んだ。

「私、国会図書館に行って、忠山教授について何か判らないかと過去の雑誌を検索しましたところ、こういうものが……」

鳥飼は、MHKの広報誌のコピーを広げて見せた。それは、「忠山教授のびっくり歴史の大盲点！」という第二テレビの歴史考察番組の紹介記事で、忠山教授と藤枝アナウンサーが並んで微笑んでいる写真が添えられている。

「この番組は五年前まで放送されていて、パネラーとして忠山教授が、歴史の裏側を解説する役回りでずっと出演していたんです。おそらく、この番組で忠山教授は藤枝アナウンサーに好意を持つに至りました。一方、藤枝アナは過去、月影さんとの交際が一時噂になっただけではなく、大炎上してしまった先日のあの番組でも月影さんと共演し、祖父の悪業について謝罪する月影さんに好意的なコメントを寄せ、涙まで流しているのです。それに激しく嫉妬した忠山教授は月影さんに敵意を抱き、一方的に月影さんへの悪感情を募らせていた、ということです」

鳥飼の言葉に月影は「なんやそれ？　知らんがな！　そないなこと」と、なぜか関西弁で叫んだ。

「何度も言うけどたしかに藤枝ちゃんに好意は持ってる。けどそれだけのことや！　藤枝ちゃんと忠山が共演してた第二テレビの歴史番組？　地味すぎるやろ。見たこともないし、忠山が彼女にほの字とか、今初めて聞いたわ！」

「そうです。しかし月影さんの知らないところで事態は進んでいたのです。研究一辺倒で世間知らずな忠山教授は、憧れの女性を月影さんに取られた、との誤解から嫉妬の炎を燃やして、以前から月影さんの弱点をずっと探っていたのでしょう。そこに、まさに飛んで火に入る夏の虫、と言うべきか、絶妙なタイミングで『人にヒストリーあり』が放送されてしまった。激しい嫉妬が燃料となって忠山教授の怒りの炎を燃え上がらせ、それまでに調べ上げていた事実に加えて、番組に登場した遺跡や祠も即座に現地踏査。思い込みの激しい忠山教授は一気に暴露に走った。そういうことではないかと」

鳥飼はそう言い切って、月影を見た。

「動機はそうかもしれないが、じゃあどうして今、忠山は別の女と付き合ってるんだ？

忠山の、藤枝アナへの熱は冷めたって事？」

月影が指摘した。

「いや、熱が冷めたというより、細井加世子がどういうわけか忠山教授に急接近してきて、その美貌《びぼう》に忠山教授は手もなく参ってしまった……そんな感じでしたよ」

「それにしても、どうしてそこに細井加世子が登場する？　理由が判らない」

鵠沼も傾げた首を左右に振った。

「そもそも、『全世界平和連合』関係者の細井加世子と、忠山教授にどんな接点があるというんだ？」

「私の見た感じですと、さっきも言ったように、明らかに細井加世子の方が積極的な感じがありましたが」

「うーん。判らない。細井加世子の目当てはなんだ？」

しんとした部屋は、都心だというのに本当に静かだ。考え込むばかりの鵠沼と月影に、鳥飼は、次第にジリジリしてきた。

そこで組んでいた腕をほどいた月影は、思い出したように言った。

「ここで黙っていても何も始まらない。腹は減らないか？　メシでも行こう」

「いやしかし月影さん。今外に出るのは得策ではないのでは？　外には芸能記者とかゴシップライターとかがウロウロしてるんじゃないですか？」

「それは困る。困るけど、やっぱり出前は嫌なんだよ！　鳥飼さんも鵠沼先生も、出来たてホヤホヤのメシを食いたくはないか？　伸びたラーメンとか冷めた炒《いた》め物とか、勘弁してくれよ」

月影から泣きが入った。

「そうですね。もう大丈夫かもしれません。私が帰ってきたとき、外には誰も張ってませんでしたから」

鳥飼の言葉に、月影は「そうなの？」と、なぜかガッカリしたような声を上げた。

「誰も張ってないというのも、寂《さび》しいものがあるな」

と言いつつ大スターは立ち上がった。

「行こう！　メシ食いに行こう！　何がいい？　どうせなら思いっきりゼイタクして、疫《やく》病神《びょうがみ》を追い払おう！」

フレンチか寿司《すし》か鰻《うなぎ》か……とウキウキしながら支度《したく》する月影に、鵠沼も同調した。

「そうですよね！　こういう時は部屋の中でむっつりしててもどうしようもない。パーッと行きましょう！」

カラ元気を出しているとしか思えない男二人に、鳥飼もまあいいか、と付き合うことにした。

タクシー・アプリで車を呼んでそろそろ来るだろうと外に出た三人は、張り込んでいる取材陣が誰もいないことを改めて確認して、ホッとした。

その、気が緩んだ瞬間。

黒い塊《かたまり》が突進してきた。それは一瞬、熊のように見えたが、人間だった。その人影が、鵠沼と月影目がけて猛然とぶつかってきたのだ。

最初のひとりがまず鵠沼に迫った。だが咄嗟《とっさ》に月影が間に入った。

「貴様、何奴《なにやつ》！」

時代劇の大スターは腹に響く大音声《だいおんじょう》で呼ばわり、黒い姿の人間の腕を摑んでそのまま投げ飛ばした。しかし、その曲者《くせもの》の手には、ギラリ、と光る刃物がある。

「きゃあ！」

鳥飼が悲鳴を上げた。

一方、鵠沼は、何が起こっているのか皆目《かいもく》判らず、呆然と立ち尽くすのみだ。

しかし月影は恐れることなく、再び突進してくる曲者に足払いをかけた。転倒した相手の腕をすかさず捩《ね》じ上げて空手チョップを浴びせ、刃物を叩き落とすと、そのまま相手を倒して地面に組み伏せた。

全身黒ずくめの、男。顔には黒い目出し帽を被っている。

「おぬし、何者だ！　名を名乗れ！」

そこで閃光《せんこう》が次々に湧《わ》いた。カメラのストロボだ。かまわず更に誰何《すいか》する月影。

「おのれ、我々を誰と知っての狼藉か！」

月影は相手の背中に膝《ひざ》を置いて身動きすることを許さず、白状させようとした。

が、その時、二人目の「刺客《しかく》」が襲ってきた。一人目の動きを封じている月影には見向きもせず、その二人目は無防備な鵲沼に飛びかかり、鵲沼の胸を目がけて、渾身《こんしん》の力で、手にした刃物をぐさり、と突き刺した。

「あ」

再びストロボが幾つも光った。

「おい、お前ら、写真ばかり撮ってないで警察を呼べ！」

月影が吠えた。

二人目は、胸に刃物が突き刺さった鵲沼がそのまま後ろに倒れ込むのを見届けると、脱兎の如《ごと》く走り去った。

「であえであえ！　誰か、あの殺人鬼を追え！」

月影の叫びに、すぐに何人かが後を追った。

「おい先生！　大丈夫か！　傷は浅いぞ！」

月影は、一人目の刺客を捕まえているので手が離せない。駆け寄った鳥飼が、鵲沼を抱き起こして揺さぶった。

「先生！　お気を確かに！」

「鳥飼さん、揺さぶっちゃダメだ。鵲沼先生は刺されてるんだから！」

出血がひどくなる！　と月影が鳥飼に怒鳴っていると、自転車に乗って交番から駆けつけた警官、サイレンを鳴らして走ってきたパトカー、それに救急車がわっと集まってきた。

現場はカメラのストロボやビデオカメラのライトに煌々《こうこう》と照らされ、さながら真昼のような明るさになった。鵠沼の自宅兼、法律事務所の近くには、やはりマスコミが張っていたのだ。

「現場の写真やら映像はこいつらがどっさり撮ってるぞ！」

月影が警官に叫び、倒れている鵠沼に救急隊員たちが駆け寄った。

「大丈夫ですか？　声が聞こえますか？　この指が見えますか？　何本ですか？」

口々に脈を取り、鵠沼の意識の有無を確認し、目の前に指を立てて質問した。

その時。

刃物が胸に突き刺さり、瀕死《ひんし》の重傷と見えた鵠沼が、むくり、と起き上がった。

「うわ。生き返った！」

またしてもカメラのストロボが一斉に光った。

「生き返ってない！　死んでないんだから！」

そう叫んだ鵠沼は、着込んだコートの胸元を開けた。

中のセーターにはぶ厚い少年週刊誌がガムテープで止められていた。

「もしかして、非常にヤバい連中を敵に回したかもしれない、と気づいた時点で、ボクはこれを身体に巻くことにしたんです。毎週読んでいますし。ほら、ここにも」

と、彼はお腹からも一冊取り出した。

鵠沼は少年週刊誌に刺さっているサバイバルナイフを引き抜こうとしたが、警官に止められて、コートとセーターごと脱いで、証拠品として警察に渡した。

「さあて、次はコイツだな。お巡りさん、ワッパかけてくださいよ」

月影が呼びかけ、抑え込まれた一人目の両手に警官が手錠《てじょう》を掛けた。

「二十二時四十五分、殺人未遂の現行犯で逮捕！」

その段階で隠れていたマスコミも全員出てきて、遠慮なく写真やビデオを撮りまくった。

＊

「月影さんが捕まえた男は、宗教団体『全世界平和連合』の関係者、というより構成員で、天野《あまの》健太郎《けんたろう》という者です。教団の中でも武闘派に属しています」

警察署の応接室で、刑事の説明を聞いた三人は驚いた。

「宗教団体に武闘派っているんですか！」

「トラブルが生じたら解決するのに手段を選ばない連中がいるって事です。そして鵠沼先生を刺して逃走したのは、現場で撮られた写真から、同じく『全世界平和連合』の構成員、田良尾良太《たらおりょうた》と判明しました」

「『全世界平和連合』って、あの」

そう言いかけた鵠沼は、次の瞬間、「やっぱり」と頷いた。

「梶本議員のバックに付いているのも『全世界平和連合』。あの女。細井加世子はその教団の、けっこうメインな立場にいて、梶本議員の選挙も仕切っていたんですよね？」

「それについては現在捜査中です。細井加世子についても、任意出頭を求めて身柄拘束《こうそく》の準備中です」

「しかし……まだ判らないことがある」

鵠沼は首を傾げたままだ。

「ボクが襲われるのは、梶本議員とその教団の関係をこれ以上探られたくないってことで、判るんです。しかし細井加世子が、月影さんと敵対する忠山教授に接近した理由が、いまひとつ判らない」

「忠山は、私、この月影を貶《おとし》め、評価を下げようとしていたんですよね？」

月影が鵠沼や鳥飼、そして刑事をずっと見渡した。

「そして、嘘つきの月影をもっと懲らしめてやりましょう、と忠山を煽っていたのが、その細井という女なんですよね？　鳥飼さんの目撃証言によれば」

しかし何のために？　と月影は鵠沼に訊いた。

「忠山が妙な逆恨《さかうら》みから私の足を引っ張ろうっていうのは判る。しかし、そんな宗教の女が私にどうして敵意を持つ？　私はそんな女にも、その女の宗教にも、恨まれる覚えがない」

「たしかに、細井加世子が所属するカルト教団、『全世界平和連合』と月影先生とのあいだには別に何も……いえ……必ずしもそうではないような……」

鳥飼がハッとしたように鵠沼を見た。

鵠沼も、その鳥飼の表情から何かを読み取って、月影を見た。

月影は、二人に見つめられて「何だよ？」と訝しんだが……次の瞬間、「もしかして……アレ？」と言いだした。

「……思い当たることと言えば、アレしかない。私のじいさんの件かな？」

月影がそう言うと、ふたりの弁護士は頷いた。

「たぶんそれです。教団が今も非公式に使っているあのマーク。知らぬこととはいえ、あの番組では、それを大々的に使ってしまった。あの教団のルーツが本当に戦前の大陸にあったとしたら？　宗教に名を借りていた悪の組織が、現在の『全世界平和連合』の前身だったとしたら？　すべて辻褄《つじつま》が合います。ああ、なんてことだ。あの番組で、ボクたちは非常にヤバい教団の、しかも絶対に触れてはならない過去のタブーに、思いっきり踏み込んでしまったんだ！」

稼働中のディスポーザーに手を突っ込んだようなものだ、しかも素手で！　と鵠沼は今さらながら恐怖におののいた。

「『過去を掘り返すな』『黙っていたほうが身のためだ』『大陸であったことに触れるな。命が惜しければ』という脅迫電話、それに脅迫ファックスもあった……そうだ。あの脅迫は、それを指していたんだ！」

「そうですよ！　あの番組が放送された翌日からしばらく、事務所への悪戯電話が凄かったんですから！　それに、頼んだ覚えのない出前まで」

ふたりの弁護士は刑事に向かい、先生に言いつける小学生のように口々に言い募った。

だが月影はまだ腑に落ちない様子だ。

「私のじいさんが、戦時中に、大陸でやっていたことが……」

月影は考え込んだ。

「しかし、だとしたら、連中は先生を脅迫するんじゃなくて、私を標的にすべきだったのでは？」

「彼らにしてみれば月影さんは言わば『身内』、しかしボクはそうじゃないということでしょう。ともかく、我々はまったく気がつかないままに、うかうかと、彼らの虎の尾を踏んでしまったんです。花山清太郎氏が戦時中に組んでいた、宗教のコロモを纏《まと》った悪の秘密結社。それこそが今の『全世界平和連合』の前身だったんですよ！　たぶん」

鵠沼はそう言って、刑事を見た。

「刑事さん。公安なら、その方面の詳しい資料を持っている筈ですよ」

判りました、確認してみましょう、と刑事は離席した。

そこでスマホでネットニュースをチェックした鳥飼が「ネットでも凄いことになってますよ！」と声を上げた。

月影とその弁護士が暴漢に襲われたニュースはたちどころに広まり、それにネット民は敏感に反応した。彼らの鋭い嗅覚《きゅうかく》は、忠山のヤバさに注目し、忠山のネット書き込みが集中して掘り返された結果、彼のYouTubeチャンネルが見つかった。

忠山本人が「プロフェッサーT」と名乗って登場して、その日に起こったニュースを自分の考えで解説したり、日々の雑感を思うがままに喋るだけの、「切り捨て御免的言いたい放題番組」をほぼ毎夜、流している。

毎夜放送しているから、その内容は多岐《たき》に亘《わた》って膨大《ぼうだい》だが、ネット民の手早い仕事で「まとめ」が作られている。題して「プロフェッサーTのまとめ」だ。

その内容は、見事なまでに恋のライバルたる月影への悪口で埋《う》め尽くされていた。

『月影はド下手な大根だ。芝居に詰まるとすぐに刀を抜いて誤魔化す』

『歴史上の人物を演じている筈なのに、いつも無法松侍みたいな芝居しかできない』

『必ず目を剝《む》いて見得をきる同じ芝居。金太郎飴《あめ》か』

『女好きだが短小で早漏《そうろう》で包茎《ほうけい》で、セックスがヘタクソ。京都の映画関係者はみんな知っている』

その中のいくつかの映像を実際に見てみると……忠山教授が、口を極めて月影を罵《のの》り、罵《ば》詈《り》讒《ざん》謗《ぼう》を浴びせ、鼻くそを丸めて弾いて「今のが月影」と放言したり、それはもう、月影を怒らせるためだけにやっているような、コドモじみたものと言うしかなかった。

「ぬぅわぁにぃ？　なんだこれは！」

鳥飼のスマホでそれを見せられた月影は、歌舞伎役者が目を剝くような怖ろしい形相になった。

「これは……たしかに、忠山本人だな……あの男、気は確かか？」

月影は怒りを堪えて鵠沼に聞いた。

「『月影』で検索をかけたら、悪口ばかり言いまくってるこのYouTubeのチャンネルがヒットしたのでネット民に見つかったのでしょう。本人が堂々とやっているところがスゴい。よく言えば根性がある、悪く言えばどこかネジが飛んでるというか、自分は何をやってもいいと思い込んでるというか……とにかく、常人ではない感じですね」

「しかも……最初はストレートに月影さんの悪口を言ってるのに、最新のモノは月影さんに呪いまで掛けてますよ。なんだかオカルトチックな感じで気味が悪い」

鳥飼が忠山の配信内容の、スピリチュアル寄りの変化を指摘した。

「それに……チャンネル自体の開設は二年前ですけど当初は忘れた頃に、月一回程度の不定期更新だったのに、『人にヒストリーあり』の放送後すぐ、毎日更新するようになってますね。しかも内容が呪いだの祟りだの、明らかにオカルト寄りに変化してる……これには細井加世子と付き合うようになったことが影響しているのでしょうか？」

それを聞いた月影が、ハッと思い当たったような顔になった。

「そういえば……ここ数日、タンスの角に何度も小指をぶつけている！　おのれ忠山、よくもよくもこの月影を呪ってくれたな？　我慢ならん！　叩き斬ってやる！」

月影は真っ赤な顔をして立ち上がった。

「お待ちなさい！」

月影の行手に鵠沼が立ち塞《ふさ》がった。

「あんなヘボ教授を三枚におろしてどうします？　ここで妙な復讐《ふくしゅう》をして傷害罪だか殺人

罪だかに問われてしまうと、月影さんが圧倒的に損だ。そうでしょう？　ここは様子を見ましょう。おそらく……忠山は自滅します」

「どうしてそんなことが言える？」

「それは月影さん。『全世界平和連合』が絡んでいるからです！」

鳥飼もハッキリと言った。

「この配信内容は、細井加世子にのぼせ上がった忠山が、彼女に言われるままに喋り散らしたものです。間違いないです！」


デジタル時代は、物事の展開が速い。批判や揶揄《やゆ》の矛先は、今や完全に月影から忠山に変わっていた。

翌朝には「カゲ口教授」はネットで完全に極悪人の扱いになっていた。それは、鵠沼が匿名でSNSに書き込んだ「忠山教授は個人的怨念《おんねん》で有名スターを社会的に抹殺《まっさつ》しようとしている！」という刺激的な書き込みに「プロフェッサーTのまとめ」のリンクを貼っておいたのがキッカケなのは明らかだった。

忠山教授は一気に「ウソつき時代劇スターを叩き潰したヒーロー」から「陰口を叩く卑《ひ》怯者《きょうもの》」「カルトの手先」ということになってしまった。

大炎上した忠山は、YouTubeで新作を流さなくなり、その日を限りに沈黙した。

忠山が自滅してホッとしたところで、昨日の刑事が鵠沼の事務所にやって来た。しかも、警視庁公安部の高橋《たかはし》と名乗る目付きの鋭い公安刑事を連れてきた。ブルゾンを着て白髪を短く刈《か》り込み、よく日に焼けている高橋は、刑事というより、競馬新聞を片手に耳に赤鉛筆をはさんで場外馬券売り場にでもいるのがピッタリな感じの初老の男だ。

「いやいや、公安刑事と言っても戦前の特高や憲兵じゃないんですから、そんなに警戒しないでくださいよ。この日焼けですか？　デモがあるたびに駆り出されて写真を撮っていますからね」

高橋刑事はおよそ似合わない笑顔を浮かべてみせた。

「月影さん。これらのものに、見覚えありますよね！」

高橋刑事が見せた多くの写真は、例の番組「人にヒストリーあり」の中で使われた、月影さんの祖父・花山清太郎氏の持ち物だった。

「その中でも、特にこれ！」

公安刑事が示したのは、清太郎氏の手首にあった刺青から起こした、旗の写真だった。

「これ、何の印だか、知ってますか？」

「いや……私は、てっきり祖父さんが所属していた秘密結社のメンバーの印だとばかり……」

公安刑事の目が鋭くなっているのに、月影はビビりながら答えた。

「そう。まさに、これは秘密結社のメンバーの印です。戦時中、大陸中国で悪の限りを尽くした秘密結社……と言うより犯罪集団。そちらの鵠沼先生が喝破されたとおり、その後身こそが、『全世界平和連合』なのです」

「あ！　あああ……やっぱり！」

この瞬間、自分の推理が事実だと立証されて、鵠沼は震えた。

鵠沼も、もちろん月影も、彼の祖父が手を組んでいた悪の権化的な犯罪集団が、よもやカルト教団『全世界平和連合』の前身だったとは、夢にも思っていなかった。

そして、月影が参考資料として提供した祖父の遺品をもとに撮影所の美術部が捏造した装飾物、それが見事にカルト教団の地雷を踏み抜いてしまったのだ。

「思うに、彼らカルト教団は、最初は梶本議員の選挙違反事件で依頼を受け、教団による政治への食い込みの実態を知るに至ったボクを警戒していただけなのでしょう。彼らがタダ働きの、しかも優秀な運動員を大量に送り込み、しかも場合によっては霊感商法も同然の、不安に付け込む選挙違反すらためらわない実態に、ボクらはかなり肉薄していましたからね。そこに、月影さんからの依頼が舞い込んだ。直前までこの事務所にいた細井加世子は応接室の外で聞き耳を立て、結果、月影さんからの依頼について詳細に知るところとなった。そしてボクたちは……まあハッキリ言えば月影さんの人生をでっち上げる過程で、彼らカルト教団が絶対に知られたくない、カルト教団に変身する前の、大陸における犯罪集団としての姿を、図らずも暴くことになってしまった。より正確には、彼らはボクたちが真実を知るに至ったと誤解してしまったのです。それで、激怒した彼らはボクや月影さんの口を封じようとして、細井加世子が忠山に接近、取材費を提供して、あの番組のデッチアゲ内容を暴露させたのです。そうすることで、番組で使われたあの印と花山清太郎の繋がりについても、いい加減なトンデモだと思わせようとしたのです。とは言っても彼らの主たる目的は、ボクです。梶本議員の件も含めて、ボクらは彼らの危険な実態を掴んでいましたから、ボクを黙らせて……もしかすると消そうとしたのかもしれません。月影さんはボクらのトバッチリを受けた形だと思います。もしくは彼らは細井加世子を使って月影さんを抱き込もうとしていた可能性もあります。これは推測ではありますが、かなり真実に迫っているという自負はあります」

鵠沼はそう言い切った。

「知らぬこととは言え、本当に危ない虎の尾を踏んでしまったんだね」

月影は感慨深く呟き、そこで公安刑事・高橋が口を挟んだ。

「鵠沼先生。梶本議員の選挙違反および関連する事件事故については、我々とて、何もしなかったわけではありません」

もちろん我々もマークしていた、と高橋刑事は言った。

「こちらでも調べておりました。これは公安部マターです」

「本当ですか？　ただ泳がせていただけじゃないんですか？　サリン事件の時のように」

疑わしそうにコメントする鵠沼。

「そんなことはありません！　ちゃんと調べています！」

高橋刑事が言い張った。

選挙の敵陣営が呪い殺されそうになったと怯えた、健康だった人が重い病にかかった、交通事故に遭った、家が火事になった、という件だ。

「それについてはボクだって、あと一歩のところまで調べはついていたんです」

鵠沼が説明を加える。

「選挙戦の真っ最中に呪いとか祟りって話が出て、しかも三件の事件事故が続いたので、梶本議員の反対陣営・大石候補の陣営がかなり怯えた、その件ですよね？　当然の事ながら、呪いも祟りもありません。ボクはそういう非科学的なことは全く信じません。そして梶本議員のバックに付いた宗教団体が『全世界平和連合』だと判れば、そのからくりも氷解します。一連の事件は、彼らが極めていかがわしい団体であることの証左でもあります」

鵠沼はドヤ顔で鳥飼や月影、刑事たちに説明した。

「最初の、大石陣営の健康だった運動員が重病で倒れたという件。これは呪いなどではありません。定年退職後に選挙を手伝うのが生き甲斐だったという方ですよね？　しかし高齢になれば、脳梗塞《のうこうそく》に心筋梗塞に癌《がん》……それまでどんなに健康だったとしても突然、病魔に冒されることは少しも不思議ではありません。しかしその方が入院して、大石陣営が『呪いだ』とビビったのを見た細井加世子たち『全世界平和連合』は、すかさずその恐怖に付け込んだのです。自転車で走行中の、やはり大石陣営を支持する町内会長に当て逃げしたのは、『全世界平和連合』の東京支部研究員、石橋省吾。放火の件も、被疑者は『全世界平和連合』の東京支部勉強会幹部、土田富雄。しかも教団がマスコミに圧力を掛けた結果、後追い報道はほぼありませんでしたので、事件の結末を一般人が知ることはほとんどなかったのです」

それを聞いた鳥飼は呆然としている。

「ひどい……そんな悪辣《あくらつ》な手まで使って当選したくせに、梶本議員は議員のままなんですか？」

「いえ、たぶん、明日くらいに梶本議員は急病になって、議員の職責を果たせないという理由で議員辞職をするでしょう」

「え。じゃあ、その件でも鵠沼先生は……また儲け損なったってことになるんですか？」

鳥飼が話をそっちに持っていったのに、月影も刑事たちもズッコケそうになった。

「いえいえ。梶本議員があのまま居座っていたら、もっと面倒な政治スキャンダルになり、梶本議員の派閥《はばつ》のボスも巻き込んで大変な事になったでしょう。だからボクとしてはうまいこと処理できたと思いますよ。そういう意味での謝礼を、ボスに当たる人から、いずれ貰いにいくとしましょう」

鵠沼と鳥飼、二人の内輪話を、月影は興味深そうに聞いていた。

「なかなか面白そうなお話ですな。ちょっとイジれば映画に出来そうな……」

「月影先生には悪霊《あくりょう》が取り憑《つ》いている！　と宗教団体から糾弾されてもよろしいのでした

ら……」

鵠沼はやんわりと釘を刺した。

月影は、一連の事件の責任を取って、頭を丸めて謝罪した。大スターが謝罪することもなかったのだが、人生ロンダリングをしてしまった部分については潔《いさぎよ》く責任を取って全面的に謝ったことで、世の中の流れは変わった。

月影はその潔さが好感度を高めて人気急回復。反比例して忠山教授は「人民の敵」扱いになり、YouTubeで月影の悪口を言いまくっていたことについてようやく謝罪したが、遅きに失した。

『叩かれたから謝罪しただけだろ？』

『月影が叩かれたらそれに乗じて悪口言いまくりだったんだぜ、このアホ教授』

忠山の好感度が戻る気配はなく、担当していた超大型時代劇『龍馬が来た』の時代考証から降りると発表して、世間はようやく落ち着いた。

「デジタル時代って、本当にあっという間に物事が進んでいくね。十年分一気にトシ取った気分だよ」

鵠沼邸の縁側で月影は笑ったが、お茶を啜《すす》る彼の笑顔は確かに一気に老け込んで、なんだか寂しげだ。

「こうなると、忠山がちょっと可哀想《かわいそう》になってきたな」

しみじみと呟く月影に、鳥飼が訊いた。

「忠山教授をハニートラップにかけて月影さんを攻撃させた、あの悪女……細井加世子というか女はどうなったんですか？」

「行方不明です。彼女こそが、すべての事件の裏にいる存在だと警察も判断しています。逮捕状も出ているのに、忽然《こつぜん》と姿を消してしまったそうで……」

「まあ、あの女もあの女なりに必死なんでしょうな」

悟りきったような口調で月影は言って、またお茶を啜った。それに鵠沼も同調した。

「ボクもね、まだまだ力不足なのが残念です。いつかは大物政治家や宗教団体に真っ正面から立ち向かう、正義の弁護士になりたい……この事件で、そう思うようになりました。いつか巨悪を倒せれば、と思ったりもしますけど、今はまだまだ」

真顔で言う鵠沼に、鳥飼は「センセイ、どうしちゃったんですか？」と驚愕《きょうがく》の表情で訊いた。

「悪党の味方をして、ジャンジャンバリバリ稼ぎまくるっていう、例の方針は？　熱でもあるんじゃないですか？」

「あら？　熱？　それは大変！」

まるで玄関で待機していたかのように、その瞬間、鵠沼のご母堂が現れた。

「こじらせるといけませんせん。千秋さん、今日は早く寝なさいね。お母様が卵酒をつくってあげます」

「違いますっ！　ボクはただ、本心を……」

母親に無理やり寝室に拉致《らち》されてしまう鵠沼千秋であった。

〈参考資料〉

『別冊宝島　弁護士の格差～富の二極化が進む弁護士ムラの今』（宝島社　二〇一六）
ＩＴ弁護士ナビ／発信者情報開示請求とは？　発信者を特定するまでの手続きと流れを解説
https://itbengo-pro.com/columns/127/
弁護士ドットコム／学生時代にいじめを受けた人は、卒業後に加害者に慰謝料請求などが可能か
https://www.bengo4.com/c_18/n_108/
弁護士ドットコム／「いじめの時効」はいつか…中学時代の同級生を提訴、28歳男性の事例から考える
https://www.bengo4.com/c_2/c_1060/c_1390/n_7705

刑事事件弁護士ナビ／傷害罪とは？　刑法上の定義や罰則・逮捕後の流れ・示談交渉について解説
https://keiji-pro.com/columns/28/
刑事事件弁護士相談広場／殺人を幇助、教唆することも重い犯罪となる～殺人犯と同じ扱いに～
https://www.keijihiroba.com/crime/attempt-aiding-instigation.html
刑事事件弁護士ナビ／殺人未遂における公訴時効の基準と公訴時効が停止する条件
https://keiji-pro.com/columns/130/
藤原法律事務所／利益相反について
https://www.f-lawyer.com/riekisouhan
ベリーベスト法律事務所　川崎オフィス／自殺教唆とは？　どんな犯罪なのか弁護士がわかりやすく解説
https://kawasaki.vbest.jp/columns/criminal/g_other/5329/

MS Agent／イソ弁とは？　ノキ弁、ボス弁など弁護士業界で使われている専門用語を解説！
https://www.jmsc.co.jp/knowhow/topics/11625.html
弁護士費用保険の教科書／民事裁判と刑事裁判の違い！　両方同時に起こすことは可能？
https://bengoshihoken-mikata.jp/archives/10801

ハルキ文庫
あ 36-1

〝悪徳《あくとく》〟弁護士《べんごし》・鵠沼《くげぬま》千秋《ちあき》

著者　安達《あだち》 瑶《よう》

2023年3月18日第一刷発行

発行者　角川春樹

発行所　株式会社角川春樹事務所
〒102-0074 東京都千代田区九段南2-1-30 イタリア文化会館

電話　03（3263）5247（編集）
03（3263）5881（営業）

印刷・製本　中央精版印刷株式会社

フォーマット・デザイン　芦澤泰偉
表紙イラストレーション　門坂 流

ISBN978-4-7584-4544-3 C0193 ©2023 Adachi Yo Printed in Japan
http://www.kadokawaharuki.co.jp/［営業］
fanmail@kadokawaharuki.co.jp［編集］　ご意見・ご感想をお寄せください。